AF192349

Wie langweilig wäre die Welt, würde jeder Gedanke aus Wahrheit bestehen. Sind es nicht die Unwahrheiten, die uns inspirieren in der Wirklichkeit zu leben

Für meine Frau und meine Kinder

Bibliografische Informationen der Deutschen Nationalbibliothek: Die Deutsche Nationalbibliothek verzeichnet diese Publikation in der Deutschen Nationalbibliografie; detaillierte bibliografische Daten sind im Internet über dnb.dnb.de abrufbar.

Herstellung und Verlag: BoD - Books on Demand, Norderstedt

ISBN: 9783757804039

Der Gedanke

Wir schufen ein System, welches in der Natur so nicht vorkommt und laufen Gefahr, dass dieses System uns entindividualisiert.

Jeder Mensch ist an eine Gesellschaft gebunden. Auch Einzelgänger, Einsiedler, Verschollene und andere, die sich aus dem System lösten oder gelöst wurden, stammen aus einer Gesellschaft, auch wenn es nur die Gesellschaft der eigenen Mutter war und dies hinterlässt bei jedem von uns Spuren. Betrachten wir menschliches Zusammenleben, dann erkennen wir, dass jede Tat auch auf andere Taten Einfluss hat.

Wäre es dem Doktoranden ohne Weiteres möglich eine bahnbrechende Entdeckung zu machen, wenn seine Lebensrahmenbedingungen nicht stimmen würden? Unzählige Taten von unzähligen Personen sorgen dafür, dass eine einzelne Person ihre Möglichkeiten ausschöpfen kann. Im Gegenzug reiht sich diese Person oft unbewusst in die Gruppe der unzähligen Täter ein, um wiederum andere Personen zu unterstützen. All das geschieht meistens eigennützig, denn der Mensch stellt in der Regel Eigennutz vor Allgemeinwohl, doch das System „Gesellschaft" scheint damit zu funktionieren.

Wir produzieren bis zu 50.000 Gedanken am Tag, doch verwerfen wir die meisten wieder. Wir nehmen sie nicht mal wahr. Unser Gehirn lässt nur die relevantesten in unser Bewusstsein und auch dort sortieren wir weiter aus. Am Ende bleibt ein modelliertes Gedankenmodell, welches ständig erweitert wird an uns und unsere Umwelt angepasst.

Bei diesen Vorgängen verhält sich unser Gehirn evolutionär. Ständig neu produzierte Gedanken werden immer wieder aussortiert und nur die zum Konstrukt des Denkenden passenden Gedanken überleben. Richtungsändernde Mutationen, also revolutionäre Gedanken, werden spätestens von der Gesellschaft ausgelöscht. Nur wenige solcher Gedankensprünge können sich manifestieren.

Der evolutionäre Gedanke unterscheidet sich vom revolutionären Gedanken durch Anpassung. Revolutionäre Gedanken sind der Motor unserer Gedankenwelt. Sie treiben uns und unsere Gesellschaft voran. Der evolutionäre Gedanke lässt unsere Spezies überleben, grundlegend wichtig, doch wenig innovativ. Doch können solche revolutionäre Gedanken natürlich auch negativ genutzt werde und endloses Leid über eine Gesellschaft bringen.

Milliarden von Menschen produzieren rund um die Uhr evolutionäre Gedanken, um die Grundlage für die wenigen Menschen, die revolutionäre Gedanken bilden zu schaffen. Sobald ein revolutionärer Gedanke sich manifestiert und verbreitet hat und er Früchte in Form von Taten trägt, wird er in die Gesellschaft aufgenommen und bildet wiederum die Grundlage für evolutionäre Gedanken.

Der evolutionäre Gedanke bildet die Grundlage für den revolutionären Gedanken, dass dieser wieder zur Grundlage weiterer evolutionärer Gedanken werden kann.

Dieser Überlegung folgend möchte ich ihnen ein Geheimnis offenbaren.

Ich merke, dass es in mir brodelt, in mir gärt, und da mein Leben aus mehr Vergangenheit als Zukunft besteht, möchte ich reinen Tisch machen. Tabula rasa mit mir und dem, was war.

Ich möchte beginnen mit dem, was ich für wichtig

halte. Ob es wichtig ist, müssen andere entscheiden. Was war, wird immer sein, gefangen in Raum und Zeit. Zu verbergen können wir versuchen, aber vergessen wird nichts.

So geschah es, dass ich in eine für damalige Zeit aufgeschlossenen, gar moderne Familie geboren wurde. Die Bildung meiner Eltern ging über das in Schulen vermittelte Wissen weit hinaus. Sie lernten ihr Leben zu nehmen, wie es kam, jede Sekunde als einzigartig zu verstehen, fröhlich sein auch bei aller Traurigkeit. Sie liebten, was sie hatten und sie vermissten nichts, was sie nicht hatten. Glück findet sich oft im Kleinen, im Unscheinbaren. Das Leben war ihr bester Lehrer. Wer an einem lauen Sommerabend mit geliebten Menschen auf einer Wiese sitzt, lacht, das Gras riecht, die Wärme des Bodens spürt, weiß, was ich meine.

Der Einzelne braucht wenig, die Gesellschaft viel. Ein Mensch wird von ihr mitgerissen, muss funktionieren, darf sich nicht zu weit umschauen. Tut er es doch, wird auf ihn eingeschlagen, bis er sich wieder fügt. So ist das Spiel und so war es schon immer. Nun lebte ich in der richtigen Familie zur falschen Zeit. Eine Zeit, die nur eines im Sinne hatte, zu unterdrücken und zu zerstören. Es blieb uns nichts übrig, als in den letzten Winkel des abgelegensten Landstrichs zu ziehen, um dort von der Hand in den Mund zu leben. Als kleine Bauern in der Gunst eines wohlhabenden Großgrundbesitzers schafften es meine Eltern ein Dasein zu führen, in dem mir an nichts fehlte. Im Gegenteil, wenn ich zurückblicke, war es eine Zeit im Überfluss.

Unser Haus, das mehr als baufällig war, lag an einem sandigen Weg zwischen endlos scheinenden Weizenfeldern, die in der Sommersonne wie ein einzig großes goldenes Meer wirkten, in das man am liebsten eingetaucht wäre. Diese wie flüssig wirkende Landschaft wurde nur durch das kleine Bauernhaus und den um das Haus stehenden Birkenbäume, die im Wind wie dickbäuchige Tänzerinnen hin und her wehten, unterbrochen. Das Gold der Felder, das Grün der Bäume, unterbrochen vom Rot der Ziegelsteine, küssten den weiß blauen Himmel so als wollte alles miteinander verschmelzen.

Das Leben schenkte uns ein Ort, an dem wir noch leben durften, wie wir es wollten. Mein Vater stand im Dienst des Herrn von Schlütte, einem alten hageren Mann mit großen, aufgeweckten Augen, eingefallenen Wangen und einem riesigen gezwirbelten Schnauzer, der an seinen beiden Spitzen steil nach oben zeigte.

Herr von Schlütte entstammte einem ostpreußischen Landadelsgeschlecht, das schon viele Jahrhunderte den verschiedensten Herren diente und sich auch mit den damaligen Herren arrangierte.

Im Schutze des guten ostpreußischen Namens und den regelmäßigen Getreidelieferungen an die Oberen konnten wir hier alle leben. Wir hätten auch bei dem Bösen leben können, der Schein wäre gewahrt gewesen, doch es wäre eine Lüge gewesen und dies wollten meine Eltern nicht. Obgleich unser gewähltes Leben im Grunde auch eine Lüge war, oder gibt es einen Unterschied zwischen Vortäuschen und Verstecken?

Das Gut der Herren von Schlütte lag außer Sichtweite

unseres Hofes und war ein wunderschönes Gutsgebäude, einem Schloss ähnlich mit unzähligen Fenstern, gekrönt von einem Mittelbau mit großer Treppe, die an einer massiven, oben abgerundeten Eichentür mit zwei Flügeln, an der an jeder Seite ein schweres, aus Messing gefertigtes Schloss mit Griff angebracht war, endete. Allein die Türgarnitur zeugte vom Wohlstand des Besitzers und dieser Eindruck setzte sich am ganzen Haus fort. Umgeben war das Gutshaus von mehreren größeren und kleineren Gebäuden und Scheunen, die wie ein Dorf um den Prachtbau gebaut waren. Wege, Bäume und Rasenflächen rundeten das Idyll ab.

Ich ging oft den Pfad an unserem Haus entlang, einen kleinen Stich hinab, bis ans Ende der Felder, wo die großen Bäume die Grenze zu Wiesen und Weiden bildeten und sich eine schmale, gut befestigte Straße an den Bäumen vorbei schlängelte, bis sie ihrerseits in das große Eingangstor vorm Gut mündete.

Dort stand ich oft und spürte, was es hieß zu sein, was ich nicht war. Doch ich stand nicht deswegen dort, sondern ich wartete auf meinen besten Freund Harald von Schlütte, dem Enkel des Herrn. Der lebte dort mit seiner Mutter Amelie und beide warteten, dass Ihr Vater und Mann zurückkehrte. Der war zu dem Bösen gegangen, um nicht für dieses zu kämpfen, sondern für sein Land, welches für ihn einen großen Unterschied machte. Viele wussten, dass er dort mit dem Feuer spielen wird. Harald und ich lebten in verschiedenen Welten, aber wir schufen uns unser eigenes Universum, in dem wir waren, was wir sein wollten. Fast jeden Nachmittag trieben wir uns zusammen rum und machten das Umland unsicher.

Harald wurde privat unterrichtet, sein Großvater hatte einen jungen Lehrer aus der Stadt in seinen Diensten, welcher auch auf dem Gut wohnte, nachmittags sah man ihn oft im Park neben dem Gutshaus umher stolzieren, als wäre er auf einem Boulevard mitten in Paris. Stets mit feinem Leinen und glänzenden schwarze Lackschuhen bekleidet und als Tupfer einen wohlgeformten Strohhut auf dem Haupt, schlendert er über die Wege. Seine Nase zwischen den Seiten eines kleinen Gedichtbandes, welches er tagtäglich aufs Neue zu lesen schien. Franz Schneider war sein Name, Ende zwanzig und ohne Bindung verbrachte er seine besten Jahre dort, wo sich Fuchs und Hase gute Nacht sagten. Ich im Gegensatz musste meine Pflicht in der alten verrotteten Dorfschule absitzen. Umgeben von zwanzig anderen, zwischen sechs und fünfzehn Jahren, alle in einem Raum und mit einem Lehrer, der auch der Pfarrer im Ort war.

Und alle hingen wir am Wohlwollen der Herren von Schlütte, denn sie waren es, die dem Dorf Arbeit gaben, auch meinem Vater.

Unser Dorf, wenn man es Dorf nennen mag, war ein Haufen Backsteinhäuser, an denen meistens noch eine Scheune hing. Die Dorfstraße war mehr Acker als Straße, dennoch war sie sehr breit und die wenigen Fuhrwerke, die auf ihr verkehrten, verloren sich ein wenig.

Inmitten des Dorfgeschehens stand am Ende der Straße eine hohe, sehr breite Buche, hinter deren Geäst sich das größte Gebäude des Dorfes versteckte. Der Dorfkrug, ein dreigeschossiges Backsteingebäude, in dessen Mitte eine Treppe in die Wirtschaft führte. Die

Sandsteintreppe, deren Stufen kaum mehr als solche zu erkennen waren, zeugte vom regen Besuch der Schenke. Der Wirt Holger Stenzel war ein großer dicker Mann, immer bekleidet mit schwarzer Hose und weißem Hemd, dessen Ärmel stets hochgekrempelt waren. Ein Geschirrtuch war sein ständiger Begleiter, wie eine Schürze hatte er das Tuch im Gürtel stecken.

Jeden Mittag Punkt zwölf öffnete Stenzel seine Wirtschaft, die aber vor fünf Uhr von kaum jemanden besucht wurde.

Er stand bis dahin hinter dem Tresen und polierte mit seinem Tuch die Biergläser blank. Dabei bewegte er sich genauso rhythmisch wie die Birken im Wind auf unserem Hof. Die Knöpfe seines Hemdes drohten bei jeder Bewegung wie Geschosse wegzufliegen. Ich kann mich daran so genau erinnern, da ich fast jeden Tag, meist kurz nach zwei, ein Dutzend Eier zu ihm brachte. Der Verkauf von Eiern war ein Teil des Lebensunterhaltes meiner Eltern.

Der Wirt hat einen Sohn mit dem Namen Peter, dieser war bei mir in der Klasse und mein zweitbester Freund. Um ehrlich zu sein, ich hatte nur zwei Freunde.

Harald, Peter und ich, Paul, waren ein wunderbarer Haufen. Jeden Tag den ich mit den beiden erlebte, war ein Abenteuer. Wir kamen alle drei aus den unterschiedlichsten Familien und doch waren wir gleich. Ich erinnere mich im Grunde nur an Bruchstücke meiner Kindheit, alles scheint zu einem langen einzigen Tag verschmolzen zu sein. Doch an eines kann ich mich erinnern, als wäre es erst gestern geschehen. Die Geschichte vom Kindesland....

Kapitel 1
Unsere Ankunft

Ich war das einzige Kind meiner Eltern, Karl und Alice Krämer geborene Mülriegel. Sie lernten sich beim Studium kennen. Beide studierten in München Kunst an der Akademie. Mein Vater Bildhauerei, meine Mutter bildende Kunst. Doch nach dem Studium holte sie schnell die Realität der damaligen Zeit ein. Für ihre Kunst schien dort kein Platz gewesen zu sein. Meine Eltern, so sagten sie es mir später, hatten inmitten von „denen" keine Luft zum Atmen mehr. Darum gingen Sie ans Ende der Welt, so nannten Sie den kleinen Flecken, wo wir fortan lebten. Dort war das Leben selbst die Kunst, die sie brauchten. Die Natur und das einfache Leben waren es, was sie inspirierte und anspornte weiterzumachen.
Ich wurde noch in München geboren, war dort aber nie zu Hause, meine Heimat war am Ende der Welt.
Ich war zwei Jahre alt, als wir in das Dorf kamen, warum wir gerade hier landeten, weiß ich nicht genau. Mutter sagte, wir hätten, nachdem sie geheiratet haben, einfach unsere Sachen gepackt und in den erst besten Zug gestiegen. Dort, wo es sich gut anfühlte, wären sie ausgestiegen und hätten gewartet. Sie warteten auf irgendetwas, ein Zeichen, ein Impuls oder einfach nur auf den richtigen Moment. Scheinbar kam dieser richtige Moment, denn nach kurzem Aufenthalt auf dem Bahnsteig packten sie mich und ihre anderen Habseligkeiten und gingen durch das Bahnhofsgebäude vorbei am Schalter des Fahrkartenverkäufers auf die Dorfstraße. Dort standen sie nun vor ihnen die große Eiche und dahinter der Dorfkrug, rechts und links ein paar rot glänzende Backsteinhäuschen und hinten am

Horizont, zwischen Bäumen erkennbar, ein kleiner weißer Kirchturm.

„Was wollen wir hier", würde ich meine Eltern heute fragen. Vielleicht fragten sie sich das auch, wer weiß? Doch jetzt war es zu spät. Hinter sich alle Brücken abgebrochen, mussten sie genau hier neu anfangen, denn das letzte Geld ging für die Fahrkarten drauf. So entschied am Ende ihr Portemonnaie, was zu meiner Heimat werden sollte.

Mutter erzählte mir später, wie dort alles angefangen hat ...

„Kann ich Ihnen helfen", fragte eine kräftige, aber doch angenehme Stimme die zu einem vornehm wirkenden Mann auf einer Kutsche, welche vor dem Bahnhof anhielt, gehörte.

"Ja können Sie, wir brauchen eine Bleibe, Arbeit und Freunde, danke", antwortete Mutter forsch.

„Hahaha" dröhnte die Stimme. „Gestatten Herr von Schlütte. Sie haben aber Schneid, gnädige Frau. Nun, eine Bleibe habe ich für Sie, Arbeit auch. Nur Freunde, die müssen Sie sich gefälligst selbst suchen", sprach er schelmisch und ergänzte,
„Kommen Sie in zwei Stunden auf mein Gut und wir schauen, was wir machen können".

Sprachlos blieben meine Eltern zurück, als der ältere edle Herr seine Fahrt fortsetzte.

Bevor wir zum Gutshof gingen, erklärte uns der Bahnhofsvorsteher den Weg, ohne gefragt worden zu sein, denn die Neugierde ließ ihn das Gespräch mithören und kaum war der Herr abgefahren, stand er hinter meinen Eltern und sprach „Schüssel wie Topf mein Name, gehnse einfach da runter an de Weide vorbei, lasse se de kleinen Wech links liege, immer weiter. Hinner de lange Kurve erscheint es Schlössje, gehnse los, is schon e Strecke".

Mit einem Lächeln im alten dürren Gesicht sprach er weiter „Lasse se eier Sache do, kommse später hole, ich laaf net weg".

Meine Eltern nahmen das Angebot dankend an und machte sich auf den Weg zu dem Gut. Ich denke, damals haben sie in jenem Moment Ihren ersten Freund gefunden, denn in den folgenden Jahren hat uns Herr Schüssel immer wieder besucht, um mit meinen Eltern stundenlang über das Geschehen der Zeit mit seinen ganz eigenen Ansichten zu debattieren.

Oft kam Herr Schüssel mit seinem alten Fahrrad zu uns gefahren, über den staubigen Weg den wir damals links liegen lassen sollten. In der Nacht fuhr er dann in Schlangenlinien denselben Weg zurück nach Hause.

Meine Eltern liebten solche Abende, an denen über alles gesprochen werden durfte.

So gingen Sie den Weg hinab durch eine wunderschöne sommerliche Landschaft, neben ihnen, dass im Wind sanft wehende Getreide und dem gegenüber die riesigen Weidenbäume, deren grünes Kleid sich mit der Frucht auf dem Acker um die Wette zu wogen schien. Hinter den Bäumen, Wiesen so weit das Auge reicht, tiefgrünes Gras, auf dem sich eine Handvoll Rinder tummelte, die Aussicht vollendet von einem farbenreichen Waldrand. Am Ende der Welt ist es so schön und man scheint unsichtbar zwischen all dem

Wundersamen. Noch zumindest.

Am Gutshaus angekommen, erschien die Anlage meinen Eltern wie ein weiteres Dorf. Hinter einem schmiedeeisernen Tor, welches von einer aus dem Nichts kommenden und ins Nichts gehenden Sandsteinmauer gehalten wurde, entfaltet sich ein eigener Kosmos mit großen und kleinen Gebäuden, alle eingebettet in einen Park, gekrönt von einem herrschaftlichen Gutshaus. Viele verschiedene Hecken und Bäume spendeten immer wieder schattige Plätze und erfüllten durch ihre verschiedenen Farben und Formen den Ort mit einer Aura wie auf einem Gemälde aus eines Meisters Hand.

Meiner Eltern sagten mir, dass sie sehr beeindruckt waren, obwohl sie diesen Lebensstil eher ablehnten. Sie gingen durch das Tor den Kiesweg entlang weiter Richtung Haupthaus und dort sahen sie, seitlich erscheinend, den älteren Herrn von eben auf der großen Eingangstreppe stehen. Seinen weißen Hut ziehend verharrte er in der Pose mit leicht schrägem Kopf, bis meine Eltern und ich, aus einer langen Kurve kommend, unten an der Treppe ankamen.

„Guten Tag, da sind Sie ja endlich", sagte er freundlich.

„Entschuldigen Sie, äh sind wir etwa zu spät, oder ...?", stammelte mein Vater.

„Nein, nein, ich bin nur manchmal ungeduldig", erwiderte der Hausherr.

„Kommen Sie rein, Hilda hat Tee gemacht, wir setzen uns in den Salon, darf es für den Kleinen etwas Milch und ein paar Kekse sein. Hilda macht die besten

Kekse", kam ein Wort nach dem anderen von unserem Gastgeber.

„Danke, machen Sie sich bitte keine Umstände", erwiderte meine Mutter.

„Das sind doch keine Umstände", widersprach Herr von Schlütte.

„Los Hilda, bring uns eine Stärkung, hopp, hopp", raunte er zu der etwas pummeligen, in Spitze gekleideten Haushälterin, deren Backen rund und rot wie leckere Äpfel aussahen.

Ohne nur mit der Wimper zu zucken, verschwand sie durch eine riesige weiße Flügeltür. Dabei war ein leises Gemurmel von ihr zu hören.

„Was kann ich für Sie tun", fragte der Freiherr, der mittlerweile in einem reich bestickten Ohrensessel Platz nahm.

„Oh wie unhöflich, nehmen Sie doch Platz", fügte er hastig hinzu.

Meine Eltern ließen sich auf dem rechts hinter ihnen stehenden Sofa nieder und ich, so meine Mutter später, saß dort auch schon ohne Aufforderung.

„Nun, wie meine Frau schon sagte, wir bräuchten Arbeit und ein Dach über dem Kopf", sagte mein Vater mit leiser Stimme.

Normalerweise hat er keine leise Stimme, sondern eine

laute, kräftige, immer optimistische Stimme. Doch diesmal, wohl beeindruckt von der Situation, schien es anders.

Kaum hatte Vater fertig gesprochen, kam aus der Tür, aus der sie gegangen war, die Haushälterin zurück. Vor ihr ein großes silbernes Tablett mit allerlei Tassen und Kannen und einem Berg von Keksen darauf.

„Da bist du ja endlich, wir warten schon", sprach Herr von Schütte zu der unter der Last schnaufenden Haushälterin.

Diese ließ sich nicht beeindrucken und stellte auf einem dunklen, glänzenden Tisch Ihre Last ab. Kaum fertig verschwand sie wieder murmelnd in der besagten Tür, aber nicht ohne vorher Tee in die Tassen gefüllt zu haben.

„Nicht doch, wir können doch selber ...", versuchte meine Mutter sie noch davon abzuhalten, aber ohne Erfolg.

„Ich habe und sie brauchen", tönte der alte Herr, der dabei in seiner Tasse rührte, ohne vorher Milch oder Zucker hinein gegeben zu haben.

„Einer meiner Höfe steht seit Kurzem leer und müsste schnellstmöglich wieder vergeben werden. Sie scheinen mir geeignet. Die Ernte muss bald rein und das Haus geheizt werden, dass können Sie doch? Zum Haus gehören auch ein Stall, zwei Ochsen, ein Pferd, eine Kuh, ein paar Hühner und allerlei Arbeitsgeräte. Über die Pacht sprechen Sie mit meinem Verwalter", sprach der Freiherr.

„Aber Sie wissen ja noch nicht mal unseren Namen", sagte meine Mutter.

„Sie haben recht, aber nützt mir denn ihr Name was?", fragte der Herr.

„Nun, ich glaube nicht, aber ...", probierte mein Vater zu ergänzen.

„Sehen Sie! Den Rest machen Sie mit Herrn Eberhard, der kommt auf Sie zu. Eckhard wird ihnen den Weg zeigen, guten Tag", unterbrach ihn der alte Kauz.

Kaum gesagt verschwand auch er, ohne auch nur vom Tee gekostet zu haben, in derselben Tür wie seine Bedienstete.

Die Situation noch nicht verstanden, stand plötzlich ein hagerer, großer Mann in der Tür. Mit strengem Blick und gekleidet wie ein Bauer stand er im Türrahmen und schaute uns grimmig an.

„Herr Eberhard", fragte mein Vater vorsichtig.

„Eckhard. Ich zeige Ihnen den Hof, Herr Pächter", kam es aus dem Mann mit sanfter, fast weicher Stimme.

Ungläubig standen meine Eltern auf, schnappten mich an der Hand und zerrten mich von dem Teller Keksen weg, an dem ich mich schon reichlich bedient hatte. Meine Mutter erzählte mir später, dass ich damals der Einzige war, der sich am Teetisch gestärkt hätte.

Sie erzählten mir weiter, dass Eckhard uns aus dem Haus führte. Vorbei an zwei großen Doggen, die im weitläufigen Flur, der eher an eine Eingangshalle erinnerte, dösend das Treiben beobachteten.

„Hasso, bleib", sagte Eckhard plötzlich mit kräftiger Stimme, als einer der beiden Hunden seinen Kopf hob und den Anschein weckte, er wolle aufstehen.

Kaum hatte Eckhard ausgesprochen, senkte der Hund auch schon wieder sein Haupt.
Vor dem Haus stand eine Kutsche, was sie noch nicht tat, als wir ins Haus gingen, auf der Pritsche unsere Sachen.

„Darf ich Sie nun auf Ihren Hof fahren", surrte Eckhard beim Aufsteigen.

Stumm stiegen meine Eltern mit mir auf die Kutsche. Als wir vom Gut fuhren, kam uns ein junges Pärchen in einem Horch 853 Sport Cabriolet entgegen. Mein Vater schwärmte lange von diesem Augenblick, als er das erste Mal dieses Auto sah. Diese beispiellose Eleganz, die weit noch hinten gezogenen Kotflügel, die das Auto vorne bullig und hinten schmal machten, ließen ihn nicht mehr los. Wie gerne wäre er auch einmal solch ein Auto gefahren.

Wie ich später erfuhr, saßen damals wohl Amelie und Balthasar von Schlütte, Sohn und Erbe von Franz von Schlütte in dem wundervollen Wagen.
Ihr gemeinsamer Sohn Harald sollte einmal mein bester Freund werden!
Als Auto und Kutsche aneinander vorbei fuhren, griff

Eckhard hektisch zu seiner Mütze und nahm sie vom
Kopf, unterstützt von einem kräftigen nicken.

Wir fuhren den Weg zurück, den wir gekommen waren.
Vorbei an den Bäumen und Feldern bis zu dem Weg,
den wir nicht nehmen sollten und in diesen bog die
Kutsche ab. Von nun an wurde die Fahrt ungemütlicher
und ich hob bei jedem Schlagloch ein Stück von der
Sitzbank ab, erzählte mir mal Vater.
Zwischen endlosen Feldern, auf denen goldgelbes
Getreide stand, schien die Fahrt endlos zu sein. Doch
langsam erkannte man am blauen Horizont die Spitzen
von herrlich grünen Birken.
Und als dieser grüne Tupfer immer größer wurde,
entdeckte meine Vater darunter ein kleines Gebäude,
einem Wohnhaus mit Scheune oder Stall ähnelnd. Als
wir ankamen, sahen wir, dass auch unser Gut ein Tor
hatte, eher ein Bretterzaun, aber ein Tor. Auch die noch
erkennbare Mauer um das Gehöft war mehr als endlich.
Alles, was ich hier erzähle, lebt in meinen Gedanken,
als sei ich dabei gewesen. Nun, ich war ja dabei, doch
erinnern kann ich mich nicht. Ich habe das alles so oft
von meinen Eltern erzählt bekommen, dass ich es
sehen kann.

Da standen wir nun vor unserem neuen Leben. Vor
wenigen Stunden stiegen wir aus dem Zug und wussten
nicht, wo wir die nächste Nacht verbringen sollten und
jetzt hatten wir Land und Vieh. Doch war es so einfach?
Manchmal ja!
Meine Eltern waren wohl zur richtigen Zeit am richtigen
Ort. Zufall, Schicksal, Fügung, wer weiß, ich weiß es
nicht. In dem Augenblick, als meine Eltern staunend

und nicht fassend vor dem Hof standen, lud Eckhard das Gepäck ab und eh man sich versah, fuhr er weiter, ohne auch nur ein Wort der Verabschiedung.

„Sollen wir reingehen", fragte meine Mutter, ohne dabei ihre Augen vom Gebäude abzuwenden.

„Warum nicht!", antwortete mein Vater. Sein Blick auch zum Haus gewandt.

So gingen wir zum Eingang, der nicht abgeschlossen war. Langsam öffnete mein Vater die knarrende Tür ein Stück und streckte durch den Spalt seinen Kopf und je weiter er sie öffnete, je mehr rückte er mit seinem Körper nach.

"Hallo, Haaalloo", machte er auf sich aufmerksam.

Meine Mutter dränge von hinten, ihre eine Hand auf der Schulter meines Vaters, die andere Hand auf der meinen.
Mehr oder weniger drückte sie meinen Vater immer weiter ins Haus und mich zog sie hinterher.
Hinter der Eingangstür befand sich ein langer schmaler Flur, der durch die links befindliche Treppe, die zum ersten Stock führte, noch schmaler wirkte. Gegenüber dem steilen Treppenaufgang befand sich die Küche. Ein Raum mit hölzernem Küchenschrank, einem Tisch, vier Stühle und einer Anrichte, die neben einem alten, aber schönen Holzofen stand, auf dem sich noch ein Topf befand. Durch die Glasscheiben des Schrankes erkannte man einen Stapel Teller und ein paar Becher. Neben dem Ofen war eine Tür, deren weißer Lackbezug schon an einigen Stellen abblätterte. Nach näherer

Betrachtung stellte mein Vater fest, dass es sich um einen Vorratsraum handelte. Dies war nicht schwer zu erkennen, da sich auf den Regalböden noch allerlei Eingemachtes und in einer Ecke ein kleiner Berg Kartoffeln befand. Ging man den Flur weiter an der Treppe vorbei, gelangte man in den letzten Raum des Erdgeschosses. Es war die Wohnstube, vielleicht vier Meter breit und noch etwas länger. Gegenüber der Tür an den Außenwänden, zwei Sprossenfenster aus Holz, auch weiß gelackt. Die Scheiben waren schon recht blind und arg verstaubt.

In einer Ecke ein schmaler Ofen, dessen Ofenrohr schräg und improvisiert in die Wand ragte.

Auch hier befand sich ein Schrank, ein Tisch mit Stühlen und an der Wand neben dem Ofen stand eine kleine Couch mit dunkelrotem, samtigen Bezug.

Ging man die Treppe hinauf, kam man in einen winzigen Flur. Rechts und links je eine Tür und an der Stirnseite eine kleine Waschküche, in der eine gusseiserne Wanne stand und allerlei Schnüre für Wäsche gespannt war. Beide Räume waren je mit einem Bett und einem einfachen Schrank ausgestattet. Der kleinere Raum sollte mein Zimmer werden.

Im ganzen Haus befand sich außer zum Teil zerfransten Tapeten, auch allerlei Bilder an den Wänden. Fotos von alten Menschen, gemalten Landschaften und ein paar Heiligenbilder. Alles fremd, alles alt und tot.

Im Laufe der nächsten Jahre werden meine Eltern nichts Grundlegendes ändern, aus Respekt. Doch wandelte sich das verlassene Haus mehr und mehr zu einem Heim, in dem es wieder Leben gab.

Vor dem Haus war ein gemauerter Brunnen, welcher wohl zu unserer Wasserversorgung dienen sollte. Im

Stall neben dem Haus waren die Gatter mit frischem Stroh ausgelegt, in den Raufen war Heu. Aber die Tiere fehlten.
Über den Stallungen auf dem Heuboden quoll Heu und Stroh aus allen Ritzen und Spalten, eine schmale hölzerne Leiter führte dort hinauf.

„Wo sind die nur" stammelte Vater vor sich hin gelehnt an die Leiter zum Heuboden.

Dabei meinte er nicht die Tiere, nein, sondern die Menschen, die hier lebten und die scheinbar alles stehen und liegen gelassen hatten und gingen.

„Die hatten die Schnauze voll", tönte es plötzlich in dem Stall.

Als Vater sich umdrehte, stand ein dicker Mann mit kariertem Sakko und Batschkappe hinter ihm. Enge schwarze Reiterstiefel ließen den Herrn wie ein Kastanienmännchen aussehen. Hinter ihm meine Mutter mit mir auf dem Arm, meinen Vater fragend anschauend.

„Ich bin der Verwalter. Herr von Schlütte teilte mir mit, dass er neu Pächter gefunden hat. Ich soll Ihnen den Pachtvertrag aushändigen und die Tiere bringen lassen", fuhr er fort.

„Ich komme die Durchschrift morgen abholen. Sie können doch lesen, oder? Wenn ich Ihnen einen Rat geben darf, nehmen sie das Angebot an", sagte er und ging während er noch sprach durch das Scheunentor zu seinem Pferd, welches er an einem Pfosten festgemacht hatte.

„Karl, lass uns verschwinden, hier stimmt was nicht",
seufzte meine Mutter und lehnte ihren Kopf an den
Oberarm meines Vaters.

„Nein, warum? Wir haben nichts getan! Die brauchen
neue Pächter. Gut! Wir sind da. Mach dir keine Sorgen,
ist alles gut", tröstete er sie.

Und genau an diesen Moment kann ich mich
seltsamerweise selbst erinnern.
Den Moment, als Mutter in Vaters Arm lag und ich an
Ihrem Rockzipfel zog in der halbdunklen Scheune, an
einem Sommerabend am Ende der Welt.

Bilder aus der Erinnerung

Wenn man in seinen Erinnerungen kramt, entstehen
Bilder von dem gedachten Moment. Irgendwie wird es
wieder real fühlbar und dies ist das Schöne an
Erinnerungen. Alles was war, ist, nur anders an einem
anderen Ort, in unserem Kopf. Alles um uns ist auch in
unserem Kopf, dort wird es zusammengefügt und
wahrnehmbar. Die Vergangenheit, Gegenwart und
vielleicht unsere Zukunft ist dort gespeichert. Aus
diesem Schatz habe ich ein paar Skizzen gefertigt,
damit auch andere mein Erlebnis wahrnehmen können.

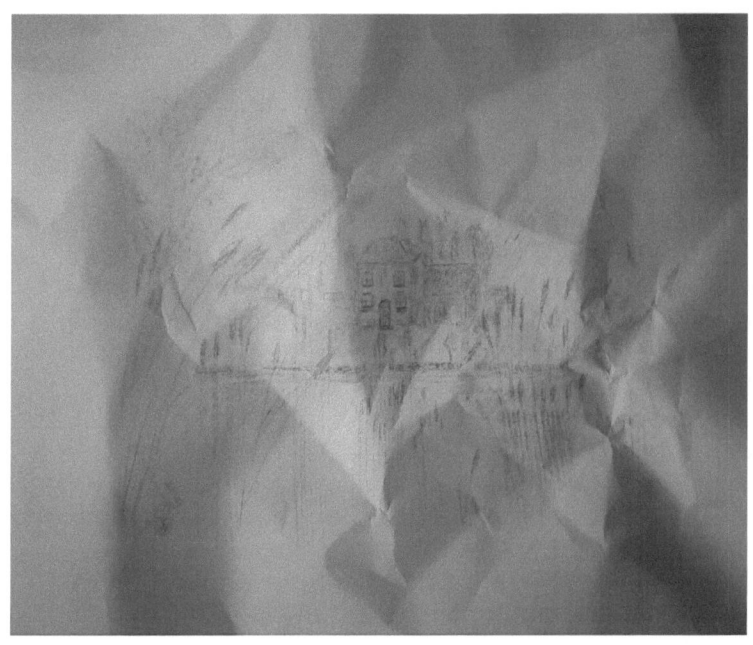

Unser Hof

Kapitel 2
Jahr um Jahr

Ich war zwei Jahre, als wir hier ankamen. Am Abend
der Ankunft brachte Eckhard mit weiteren Knechten die
Ochsen, die Kuh und das Pferd zurück. Auch die Hühner
wurden gebracht. Alles, wie es von Herrn von Schlütte
versprochen wurde. In den folgenden Jahren wuchsen
meine Eltern und ich immer mehr in unser neues Leben

hinein. Vater entwickelte sich zunehmend zu einem Landwirt und meine Mutter ging in der Rolle der Bäuerin regelrecht auf. Auch mir gefiel mein Leben, ich kannte ja kein anderes.

Besonders die Sommermonate sind mir in Erinnerung. Jene Abende im Hof, an dem Vater ein Feuer entzündete und Mutter fröhlich ausgelassen vor diesem saß und lauthals Lieder aus ihrer Jugend sang. Vater klimperte dazu auf seiner Gitarre und versuchte ihm bekannte Zeilen mitzusingen. Kartoffeln lagen in der Glut, die wunderbar orange leuchtete und unzählige Funken stiegen zum tiefschwarzen, mit Sternen durchzogenen Nachthimmel auf, als wollten sie sich zu den Sternen gesellen. Um uns Dunkelheit, unsere Sicherheit war das erhellende Feuer, dessen Lichterspiel an der Hauswand flackerten. Der Rauch schmerzte in den Augen und erschwerte das Atmen. Dieser bittersüße Schmerz, das Lachen und Grölen schenkte einem das unbeschreibliche Gefühl von Freiheit, ein Gefühl, welches nur ein Sommerabend am Lagerfeuer erwecken kann.

So verging Tag um Tag auf den Sommer folgte der Herbst nach diesem der Winter. Unser leben richtet sich nach der Natur weniger nach dem Kalender, erst recht nicht nach der Uhr.

Vater säte, er erntete und er säte wieder. Das war der Rhythmus, nach dem wir lebten. Es gelang meinen Eltern sogar, einen sehr bescheidenen Wohlstand aufzubauen, sodass sie auch wieder künstlerisch tätig werden konnten. Ihrer wahren Berufung, immer noch. Es schien, als hätte uns die Welt vergessen, umgekehrt taten wir dies schon lange. Das Dorf und unser Hof war alles, was wir brauchten. Im Dorf konnten wir kaufen und verkaufen. Besonders ein Tag, viele Jahre waren schon vergangen, blieb mir in Erinnerung.

Ich fuhr mit meinem Vater auf dem Ochsenkarren zu Schulzes Laden.

Oskar Schulze war der Gemischtwarenhändler im Dorf. In seinem Laden fand man besonders als Kind allerlei interessante Sachen. Von Süßigkeiten über Spielereien bis hin zu Geheimnisvollem. Herr Schulze hatte alles.

Vater verkaufte dort einen Teil von unserem Getreide, Milch, Eier, eben alles, was wir zu verkaufen hatten. Herr Schulze kaufte solche Produkte von uns und anderen Bauern und verkaufte sie dann weiter.

So geschah es, dass wir auch an jenem Tag zu dem Laden fuhren, um Milch abzugeben und auch um einzukaufen.

Als wir am Laden ankamen, war Herr Schulze vor demselben und kehrte den schmalen gepflasterten Bürgersteig vor dem Schaufenster entlang. Vater hielt den Karren vor dem Laden an und sprang mit einem lauten „Tag Herr Schulze, wir haben was für Sie", ab.

„Ach, schau mal an. Lebt ihr auch noch", polterte Schulze zurück.

Vater verschwand mit ihm im Laden, ohne mich weiter zu beachten. Etwas störrisch kletterte ich vom Karren und folgte den Zweien. Kaum im Laden angekommen, konnte ich meine miese Laune nicht mehr halten. Dafür war es in dem Laden zu beeindruckend. Vater stand mit Herrn Schulze an einer Theke, auf der unzählige Stoffbahnen lagen, dahinter meterhohe Regale voll mit Stoffen und Tapeten und war im Gespräch. Ich nutzte die Gelegenheit und verschwand zwischen den Regalen, die voll gepackt mit Waren aller

Art waren. Immer im Auge die Haupttheke, auf der in riesigen Gläsern runde, eckige, rote, grüne und blaue Bonbons standen und nebendran die verschiedensten Tafeln feinster Schokolade, schön aufgereiht in kleinen Regalen. Wenn alles gut lief, so wusste ich, dass am Ende etwas von dem Gabentisch für mich abfiel und dass war das Schönste. Doch solange Vater noch verhandelte, vertrieb ich mir die Zeit im Laden, in all den Ecken und Nischen, in denen man sich verstecken und bei jedem Augenaufschlag etwas Neues entdecken konnte.

„Wie läuft es auf dem Hof", fragte Schulze, während er in eine Liste die Menge an Milch, die wir verkaufen wollten, eintrug.

„Wir können nicht klagen", antwortete Vater.

„Ja, das hört man gern, ist auch ein gutes Stück Land, was sie da haben, das sagte auch Simon schon immer" fuhr Schulze fort, nachdem er seinen Stift mit seiner Zunge befeuchtete."Ach, immer dieser Stift, furchtbare Qualität" grummelte er weiter.

„Simon?", fragte Vater.

„Ja, kennen Sie die Familie denn nicht? Das waren ihre Vorpächter. Herr Simon ging mit seiner Familie fort, das war kurz bevor ihr gekommen seid. Der war ein guter Freund vom jungen Freiherr. Irgendwie haben die sich verkracht, mehr weiß ich darüber nicht. Das war damals um die Zeit, als der Freiherr von Schlütte anfing, mit „denen" Geschäfte zu machen", sinnierte der Händler und drehte dabei seine Augäpfel nach

28

oben.

Ein misstrauisches „Aha", gab Vater zur Antwort.

"Komm Paul, wir laden die Milch ab" rief Vater in den Laden, nichts ahnend, dass ich ganz in seiner Nähe stand.

So kam es, dass wir vor die Tür gingen und ich mit einem gekonnten Satz auf die Pritsche sprang und an den Milchkannen zerrte.

„Komm las mal, ich mach das schon", bremste mich mein Vater.

Mit einem festen Griff nahm er die Kanne an der ich schon verzweifelt zog und dabei sah ich seine kräftigen, mit Muskeln durchzogenen Unterarme vor mir, die durch die Last noch kräftiger wirkten. Ich ließ ab und wartete auf dem Karren, bis Vater aller Kannen auf den Bürgersteig gestellt hat.

„Eugen, komm raus und bring die Kannen ins Lager. Hol auch leere Kannen zum Tauschen und stell sie direkt auf den Karren. Eugen ... Eugeeen, wo treibt der sich wieder rum?", schrie Herr Schulze, der auch aus dem Laden gekommen war.

„Bin unterwegs, Chef, hab auch nur zwei Hände", schrie es aus dem Laden zurück.

„Darf es denn noch was sein, lieber Herr Krämer", fragte Herr Schulze und lächelte mit leicht nach hinten geneigten Kopf meinen Vater an.

„Ja, wir schauen mal. Komm Paul", antwortete Vater.

Im Laden zurück, gab Vater seine Bestellung dem Händler auf und ich stand etwas abseits an den ersehnten Süßigkeiten.
Nun endlich kam Vater an die Kasse zum Bezahlen. Ich konnte es kaum noch abwarten!

„So Herr Krämer, da bekommen Sie ja sogar noch was raus", sagte der Händler und streckte meinem Vater seine geschlossene Hand hin, in der sich wohl etwas Kleingeld befand.
Ich wurde immer nervöser, sollte ich heute leer ausgehen?

„Paul sucht Dir noch was aus", meinte Vater und schob mir die Münzen zu.

Dies waren Momente, die ich liebte und es bis heute tue.

Während ich das Geld zählte, hörte ich, wie Vater Herrn Schulze fragte:

„Wer war dieser Simon? Hatte er Kinder?"

„Wir sollten Vergangenes ruhen lassen. Es ist doch gut, wie es ist, oder?, riegelte Herr Schulze ab und drehte sich zum Regal hinter sich und stöberte dort in einer offenen Schublade.

Vater schnappte unsere Einkäufe vom Tresen und wandte sich zur Tür. Er verblieb noch einen Augenblick, rechts und links Körbe voller Waren, seine Hemdsärmel hochgekrempelt und seine Unterarme nicht nur wegen der Last angespannt.

"Los Paul, wir gehen", schrie er mich fast an.

In Windeseile lies ich die Groschen auf die Theke fallen, schob sie zu Herrn Schulze, der immer noch in der Schublade kramte und packte zwei Tafel Vollmilchschokolade. Ich gebe zu, ich habe das Geld zu meinen Gunsten aufgerundet, sodass ich zwei Tafeln mein Eigen nennen konnte.
Während ich zu der Tür lief, um sie meinem Vater aufzuhalten, versteckte ich meine Beute noch schnell in meinen beiden Jackentaschen, die dafür wie gemacht waren. An der Tür angekommen, zog ich diese auf und die Türglocke bimmelte laut. So als wolle Sie meinen Vater aus seiner Starre befreien, denn genau in jenem Moment setzte er seinen Gang fort und ich sah in seinem Gesicht, dass er wütend war.

Mit einem „Guten Tag", verabschiedete er sich vom Inhaber, der dies umgehend erwiderte.

Auf der Heimfahrt beschäftigte ich mich mit der ersten Tafel Schokolade, wohl wissend, dass ich heute ein gutes Geschäft gemacht hatte. Vater saß neben mir auf dem Bock, seine Ellenbogen auf seinen Schenkeln und seine Kappe tief im Gesicht.

„Lass es dir schmecken, Bub", hörte ich neben mir.

Mit einem" mhmm", erwiderte ich seine Aufforderung. Ich würde heute gerne wissen, was Vater damals dachte.

Hatte er erstmals Zweifel an seiner Entscheidung, hier neu anzufangen?
Gar Angst zu erfahren, was hier passiert war?
Oder war er nur neugierig?
Ich weiß es nicht, auch wenn ich heute mehr Hintergründe weiß, bleiben Vaters Gedanken ein Rätsel. Zu Hause angekommen war mir nicht nur schlecht, ich war auch müde und daher verschwand ich direkt in meinem Zimmer. Spät abends wurde ich wach und hörte in der Küche die Stimmen meiner Eltern. Neugierig ging ich in den kleinen Flur vor meinem Zimmer und lauschte den Kopf am Geländer lehnend, dem Gespräch meiner Eltern.

„Alice, wir sollten den Schlütte fragen, was hier los war. Ich will wissen, von wem wir das alles hier übernommen haben."

„Und dann? Wenn es uns nicht gefällt, wollen wir gehen, einfach so. Alles zurücklassen, wofür wir seit Jahren arbeiten? Das ist nicht mehr der Hof von Simon, nein, das ist unser Hof, unser Ende der Welt", seufzte Mutter.

„Du, machst es dir ja einfach! Ist das nicht genau dass warum wir abgehauen sind. Der Stärkere gewinnt immer oder was? Willst du dass? Alice, willst du dass?", schrie Vater.

„Nein natürlich nicht, dass weiß du ganz genau. Doch deine ewige Gutmenschenart kotzt mich an, Franz. Die Welt ist nicht gut, sie ist nicht mehr gut. Auch hier nicht, merkst du das den nicht", schrie Mutter zurück und fügte an.

„Der Herr von Schlütte gehört doch auch dazu. Er ist doch ein Handlanger von „denen" und wir auch. Franz, wir sind wie „die", wollen es nur nicht wahrhaben. Wir sind doch nur hier, weil „die" es dulden, Franz".

„Die", immer „die", „die" kennen uns nicht, „die" wissen doch gar nicht, dass wir existieren",wehrt sich Vater.

Ich hörte wie ein Stuhl über den gefliesten Boden gezogen wurde und danach ein Körper wohl darauf zusammensackte.

„Ach, Franzi sehe es doch ein, nur weil wir für die Welt unsichtbar sind, heißt es nicht, dass wir nicht nach deren Pfeife tanzen müssen. Ihre Helfer sind überall, auch hier, auch hier", flüsterte meine Mutter mit sanfter Stimme.

Ich verstand nichts. Wer sind „die", von denen sie so oft sprechen? Wer ist Simon? Warum sprachen meine Eltern vom Weggehen? Ich wollte nirgends hin, hier war meine Heimat. Egal wer vorher hier lebte, wenn es ihnen gut gefallen hätte, wären sie doch geblieben.

Damals dachte ich so, so wie ein siebenjähriger Junge eben denkt.
In jener Nacht ging ich wieder ins Bett mit Gedanken über das Gehörte, aber der Schlaf holte mich schnell ein und schließlich vergaß ich es gänzlich. Auch meine Eltern sprachen nicht mehr, zumindest nicht in meiner Gegenwart, über das Thema, welches sie in jener Nacht so beschäftigte. Es ist erstaunlich, wie schnell Zeit vergeht, wie schnell man etwa vergisst, was einem doch so wichtig vorkam. Der Alltag ist es, welcher alles

verschluckt und nur das zulässt, was wir zum Funktionieren brauchen. Tag für Tag verging, wir schliefen, wir arbeiteten, wir aßen, wir lachten, weinten, waren fröhlich und traurig. So verdrängten wir unsere Fragen, die wir stellen wollten, aber nicht wagten und dann lieber vergaßen. So kam es, dass wir einfach weiter lebten. Aus Sommer wurde Herbst und dann kam der Winter. An einen Winter erinnere ich mich mit Schrecken. Es war kurz nach meinem elften Geburtstag, der erste Schnee lag schon auf dem Land. Von der Fülle des Sommers war im Winter nichts mehr zu spüren. Die Birken tanzten nicht mehr, sie hingen wie Gerippe zu Boden und die Felder lagen unter einem weiß braunen Teppich aus Schnee und Matsch. In dieser Jahreszeit konnte man die Dächer der Häuser vom Dorf erkennen und ihnen gegenüber getrennt durch das Geäst der Weiden weit hinten das Dach des Gutshauses, dessen Silhouette eher an ein weiteres Dorf erinnerte. Vereinzelt stieg Rauch in den grauen Himmel, der aus Schornsteinen schlank noch oben zog. An den Weiden flogen große Raben umher, die in den Kronen ihre Nester hatten und die Stille durch ihr krähen durchbrachen.

Der Winter war die Zeit, in der es auf unserem Hof ruhig zuging. Unser Alltag bestand aus wenigen Aufgaben. Vater fütterte morgens die Tiere, dann mistete er aus. Mutter verbrachte viel Zeit mit dem Einkochen von Obst, welches in der Vorratskammer neben den Kartoffeln gelagert wurde. Das war die Zeit, in der ich froh war in die Schule gehen zu dürfen. Unsere Schule war ein Raum im Erdgeschoss des Pfarrhauses neben der Kirche. Die Kirche war nicht sehr groß und einfach gehalten. Von außen ein weiß getünchter Bau, dessen Putz sich wellig über die dicken Mauern legte. Es sah aus, als hätte eine alte dicke Dame einen viel zu engen Mantel an. Der kleine Glockenturm drückte anscheinend zusätzlich von oben auf das Gemäuer und verstärkte die gefühlte Spannung im Putz.

Neben der alten Dame stand das Pfarrhaus genauso schmucklos und kaum einladender. Der Pfarrer wohnte oben in zwei Stuben und unten neben der Eingangstür war unser Schulraum. Im inneren des Raums stand direkt neben der Tür ein kleiner Ofen, gefolgt von einer alten Tafel an der Wand. Im Raum standen 22 Schulbänke, bei denen Bank und Tisch miteinander verbunden waren. An einer Seite waren drei Fenster mit je zwei Flügeln, an der anderen Seite ein paar Karten und Bilder. Alles alt und schon vergilbt. Die Landkarte hatte einige beige abgenutzte Stellen vorzuweisen, wenn wir gerade den Landstrich ohne Aufdruck durchnahmen, brauchte man schon etwas Fantasie.

Ich saß weit hinten neben Peter, dem Sohn des Wirtes. Wir hatten im Dorf nur eine Klasse, dort wurden alle Kinder des Ortes unterrichtet. Von der ersten bis zur achten Klasse der Volksschule. Es gab nur zwei Kinder, die nicht hier waren. Der Enkel vom Freiherr und der Sohn des Dorfarztes. Ich glaube, Johann hat der Letztere geheißen. Ein langer dünner Bub mit runder Brille und dunklen lockigen Haaren. Er war auf dem Gymnasium in der nächsten Stadt. Da diese 40 km entfernt war, wohnte er nicht bei seinen Eltern sondern bei Verwanden in der Stadt. Am Wochenende sah man ihn ab und zu im Dorf.

Peter und ich waren Freunde und wir vertrieben die Zeit in der Schule nicht nur, sondern eher selten mit Lernen. Unser Lehrer war Herr Pfarrer Hieronymus Bosenbach,

ein kleiner, dünner, noch vorne gebeugter Mann, mit großer Nase und schütterem Haar, streng noch hinten gelegt. Ein Mann ohne Lebensfreude. Immer nur darauf aus, uns Kinder zu schikanieren und zu quälen. Sein Lieblingsstück ein Rohrstock, den er täglich zückte.
Seine junge Haushälterin, sie stammte aus Polen, hatte keinen leichten Stand bei dem Gottesmann.
Ging man abends am Pfarrhaus vorbei, hörte man oft Gestöhne aller Art. Doch er war die Gewalt Gottes im Ort und hing am Tropf derer, die weltlich über uns herrschten. Jeder im System hatte seinen Stand und dass bedeutete für manche die Freiheit zu walten und schalten wie es beliebt. Mit Gottes Segen und der Absolution des Bösen.

Wenn einem auf dem Weg in den Schulraum die Haushälterin mit einem blauen Auge über den Weg lief, schaute man weg. Sah man den Alten an der jungen Frau fummeln schaute man weg. Tat man dies nicht, sprach der Stock. So arrangierte man sich und brachte im Winter jeden Tag sein Stück Holz mit in die Schule, dies benötigte man, um die Klasse und die Stuben zu heizen, damit das Ungerechte auch schön warm hatte.

Auch Lebensmittel und andere Sachen ersetzten das Schulgeld, welches ja offiziell abgeschafft war.
Nach der Schule ging ich gerade im Winter immer schnell nach Hause, einerseits vom Hunger getrieben und andererseits, weil es oft sehr kalt war. Zu Hause hatte Mutter meistens das Essen schon fertig. Sie konnte wirklich gut kochen! Die kalte Jahreszeit nutzten meine Eltern, um Ihrer Kunst nachzugehen. Mutter malte an der Staffelei in der Stube und Vater meißelte und haute an Steinen im Stall.

So entstanden eine Vielzahl von Kunstwerken, inspiriert durch die umliegende Landschaft. Nach dem Essen und den Hausaufgaben spielte ich oft in meinem Zimmer. Ich hatte eine ganze Armee von kleinen Zinnsoldaten, die hatten mir meine Eltern bei Herrn Schulze bestellt und Jahre zuvor zu Weihnachten geschenkt. Ich hatte in einer Zimmerecke ein Schlachtfeld aus Moos und Steinen gebaut, auf dem die armen Soldaten fast täglich ihre Kämpfe austragen mussten.

So war es auch an jenem Tag, an dem ich eine Entdeckung machte, die mir heute noch Schauer über den Rücken laufen lässt. Ich war gerade in einen Kampf von General von Krämer und seinen fürchterlichen und fast unbesiegbaren Gegner Major Peter von Stenzel verwickelt, als ich sah, dass sich unter dem Fenster auf dem Boden eine Holzdiele gelöst hatte. Da ich auf dem Bauch lag, konnte ich das defekte Holz gut hinter dem vor mir liegende Schlachtfeld sehen.

Ich robbte mich noch ein wenig vor und griff mit meinem Arm über das Feld und drückte mit meinen Fingern das Holz nach unten. Dabei merkte ich, dass die ca 20 cm lange Planke lose war und ich zog sie raus. Kaum war das Stück Holz zur Seite gelegt, griffen mein Finger wie von alleine in den Hohlraum, dies war wohl der kindlichen Neugierde geschuldet. Plötzlich spürte ich einen Widerstand, welcher sich wie Papier anfühlte. Ohne zu überlegen zog ich das noch Unsichtbare aus seinem Grab und wie ich es schon vermutet hatte, war es ein zusammengefaltetes Stück Papier. Ich wendete mich von meiner Bauchlage zur Seite und im selben Moment saß ich auch schon im Schneidersitz, die Beute in der Hand. Ohne Zeit zu verlieren, öffnete ich das zu einem Paket gefaltete Etwas und las.

„Guten Tag lieber Freund,
mein Name ist Frank Simon, ich bin fünfzehn Jahre alt
und lebe hier auf diesem Hof. Dort, wo Sie diesen Brief
gefunden haben, war mein Zimmer. Ich weiß nicht,
wann Sie den Brief finden werden. Ich weiß nicht, ob
Wochen oder Jahre vergangen sind, doch ich weiß,
dass, wenn jemand dies Zeilen liest, ich nicht mehr dort
leben werde. Heute ist mein Vater zu mir gekommen
und sagte, dass wir unser Haus verlassen werden. Er
sagte, wir würden an einen Ort gehen, wo es besser
wäre. Ich fragte ihn, was hier schlecht wäre, wir hätten
doch ein schönes Leben und waren doch glücklich. Er
antwortete mir, dass er sich mit Balthasar gestritten
hätte und er nicht mit ansehen kann, wie er sich
verändert. Balthasar ist der Sohn vom Freiherr von
Schlütte unserem Verpächter und er ist außerdem der
beste Freund meines Vaters. Sie lernten sich vor vielen
Jahren kennen, Vater rettete Harald einmal das Leben
und seitdem waren sie eng befreundet. Er ist sogar der
Patenonkel meines kleinen Bruders.
Und nun soll alles vorbei sein?
Ich verstehe, dass nicht. Onkel Balti hat doch recht.
Man muss mit der Zeit gehen. Ich weiß nicht, was
daran schlecht sein soll. Alle gehen den Weg, warum
nicht wir. Mutter meinte, ich soll auf Vater hören,
irgendwann würde ich es verstehen. Ich glaube, Vater
hat einfach nur Angst, Angst, sich auf Neues
einzulassen.
Ich werde mich beugen, doch werde ich meine Ansicht
nicht ändern. Wenn die Zeit gekommen ist, gehe ich
denselben Weg wie Onkel Baldi. Vater wird schon
sehen, was er von seiner Engstirnigkeit hat. Ich
vertraue denen, die wissen schon, was sie tun.

Lieber Fremder, ich denke, wenn Sie meinen Brief lesen, werden Sie schon verstanden haben, was ich meine. Vielleicht kennen Sie auch schon Balthasar von Schlütte, wer weiß. Ich jedenfalls werde alles geben, unsere Ideen zu verwirklichen und am Ende werden wir sehen, wer recht hat. Bitte gehen sie sorgsam mit unserem Haus um, denn ich liebe es sehr und vielleicht sind Sie auch so glücklich, wie wir es waren.

Sobald ich in der Lage bin, komme ich zurück und kaufe den Hof, da bin ich mir sicher. Onkel Balti wird ihn mir sicher verkaufen. Also seinen Sie gewiss, dass Sie nicht ewig hier leben können, doch bis dahin wünsche ich Ihnen eine schöne Zeit.

Für mich war es nie das Ende der Welt. Nein, genau hier ist ihr Anfang. Denn wo ein Ende ist, ist auch immer ein Anfang.

Auf bald
Frank Simon

Als ich den letzten Satz las, zuckte in mir alles zusammen. Es war vom Ende der Welt die Rede. Genauso nannten wir doch auch den Ort hier, was hatte das wohl zu bedeuten?

Warum spricht niemand von den Simons, wenn Frank doch zurückkommen will?

Ich beschloss diesen Brief meinen Eltern zu geben, vielleicht haben Sie Antworten auf meine Fragen.

So kam es, dass ich an jenem kalten Winternachmittag in unsere Wohnstube zu meiner Mutter ging und mich ihr leise näherte. Mutter saß auf einem Stuhl an ihrer Staffelei und rührte gerade auf einer Palette Farbe an. Die Sonne schien an diesem Nachmittag immer wieder durch den grauen Himmel, auch in diesem Moment und man sah, wie ein Sonnenstrahl durch die Scheibe quer hinter meiner Mutter in die Stubenecke fiel. In seinem Schein unzählige kleine Staubkörner, die wild umherflogen.

Nie werde ich dies vergessen. Eine warme Stube, ein geliebter Mensch darin, das Gefühl von Kindheit und Geborgenheit und das alles im Moment, als Gott uns zu küssen schien. Ich ahnte nicht, wie schnell ich erwachsen werden würde.

„Na Paul, was willst du denn", fragte Mutter liebevoll, ohne dabei ihre Arbeit zu unterbrechen.

„Nüchts", antwortete ich und machte dabei mit meinem Fuß am Bein des Stuhles, auf dem Mutter saß, Klopfzeichen.

„Na, dann hör bitte auf. Oder sag was Du willst", sprach sie mit nicht mehr ganz so liebevoller Stimme.

„Hab da was gefunden! Nen Brief oder so", sagte ich scheinbar desinteressiert.

„Einen Brief?", fragte Mutter neugierig nach.

„Ja".

„Zeig mal", forderte sie mich auf.

Ich gab ihr den Zettel, den ich wieder zum Paket gefaltet habe.

„Lag unter einer kaputten Diele in meinem Zimmer", klärte ich sie auf.

„Ah ha", machte sie leise, dann schrie sie, dass ich etwas erschrak."Karl, Kaarl komm mal bitte, wir haben hier was".

Kurze Zeit später riss mein Vater die Stubentür auf, ganz vom Staub der Steine verdreckt, die Augen weit aufgerissen, welche aus dem sauberen Abdruck der Schutzbrille stierten.

„Was ist passiert", keuchte er hektisch.

„Nichts. Paul hat was gefunden", beruhigte sie ihn.

„Ja, was denn?", fragte Vater und rieb sich den Staub aus dem Haar.

Man kann sich vorstellen, welch Gewusel im Strahl der Sonne geschah.

„Mensch, jetzt mach doch nicht die ganze Stube dreckig", fauchte Mutter.

„Du hast mich doch gerufen. Du weißt doch, was ich mach", donnert er zurück.

„Schau, Paul hat eine Brief gefunden in seinem Zimmer. Bin mal gespannt, was da drin steht", grübelte Mutter und fing an das Päckchen auszupacken.

„Ja ..., und?", murmelte Vater.

Mutter, las und sagte nichts. Ihre Augen gingen hin und her und an ihrer Kopfhaltung konnte man abschätzen, wie lange sie noch brauchen würde. Als sie fertig war, ließ sie ihre Hände, die noch den Brief hielten, in Ihren Schoß fallen und starrte auf die Leinwand vor ihr.

„Was ist denn. Hat ein Geist geschrieben", spottete Vater und nahm Mutter den Brief aus den Händen und fing selbst an zu lesen.

Auch seine Augen glitten vor dem Blatt hin und her und als er fertig war, zog er mit seiner freien Hand den Stuhl neben sich bei und nahm darauf Platz.

Die Sonne verschwand wieder hinter den Wolken und unsere Stube lag im dumpfen Licht eines Winterabends. Totenstille, nur einige Minuten, doch die kamen mir wie Wochen vor. Die Stille wurde ab und zu durch das Grummeln von Vaters Bauch unterbrochen, ein sicheres Zeichen, das er nervös wurde.

„Woher ist der Brief?", fragte er in den Raum hinein, ohne Blickkontakt zu suchen.

Ich erklärte ihm, wo ich diesen gefunden habe und fragte danach, wer die Familie Simon wohl ist und ob dieser Frank käme und uns rausschmeißt. Dabei wurde mein Stimme immer hektischer, denn ich muss sagen, dass ich es wirklich mit der Angst zu tun bekam.

„Uns schmeißt hier keiner raus", beruhigte mich Vater.

„Das ist nur ein Brief von einem Jungen, der hier mal lebte, nicht mehr", fügte er zu.

"Aber das Ende ...", fing Mutter an.

„Es interessiert mich nicht. Alles Zufall. Hört auf mit dem Mist und werft das Geschmiere in den Mülleimer", unterbrach er sie.

Mit einem Satz sprang er vom Stuhl und stürmte zur Tür, riss diese auf und verschwand im inzwischen dunklen Flur. Tränen liefen meine Backen hinunter. So kannte ich ihn gar nicht. Vor was fürchtete er sich?

Mit dieser Frage ließ Vater uns damals in der Stube zurück.

Kapitel 3
Harald von Schlütte

Die von Schlütte waren schon seit unzähligen Generationen in unserer Gegend ansässig. Ihre Ahnen kämpften so manche Schlacht an der Seite großer Herrscher und doch blieben sie immer Ihren ländlichen Wurzeln treu. Jeder der Herren von Schlütte blieb oder kam auf das Gut zurück. Gut Heinrichsheck, benannt nach Heinrich von Schlütte einem Urahnen der heutigen von Schlüttes, welcher im 16. Jahrhundert lebte. Das Gut umfasste neben 1000 ha Acker- und Grünland auch 500 ha Wald. Das Dorf, unser Pachthof und noch weitere Pachthöfe lagen auf dem herrschaftlichen Grund. Auch ein Forsthaus befand sich auf dem Gelände, Helmuth Bayer war der Förster auf Gut Heinrichseck.
Franz von Schlütte das damalige Oberhaupt der

Adelsfamilie, war Offizier und verbrachte damals seinen Ruhestand auf dem Gut. Er war verwitwet und hatte einen Sohn mit dem Namen Balthasar. Balthasar von Schlütte sollte einmal das Gut übernehmen, doch dazu wird es nicht kommen. Balthasar war verheiratet mit Amelie von Schlütte geb. Helmannsdorf. Sie war die Tochter eines reichen Berliner Kaufmanns, der im Tabakhandel zu Wohlstand gekommen war. Beide hatten einen Sohn, meinen besten Freund Harald.

Ich kann mich gut erinnern, wie ich Harald kennengelernt habe.

Wie schon erwähnt, war der Sommer die schönste Jahreszeit am Ende der Welt. Wenn die Felder golden leuchteten, der Himmel blau strahlte und die Wiesen im satten Grün dalagen, fühlte man sich wie im Paradies. Hinter dem Gutshaus an den Wiesen, die an jener Stelle nicht zu sehr in die Breite gingen, sondern eher endlos lang wirkten, grenzte der Wald. Dort war ich gerne, besonders im Sommer. Ging man an einem heißen Sommertag von den Wiesen aus in den Wald hinein, merkte man nach wenigen Schritten seine kühlende Wirkung. Die Blätter in den verschiedensten Grünfarben wölbten sich wie ein Zelt über die ganze Fläche, die mit einem Teppich aus Laub bedeckt war. Dieses Wechselspiel zwischen lichtdurchflutetem Grün und dem warm wirkenden, zum Hinlegen einladenden Belag des Bodens machte dieses besondere Gefühl aus, bestärkt durch den Anblick der großen wie Säulen wirkenden Baumstämme. Alles wirkte wie ein Raum, nicht wie eine Landschaft, schützend die, die in ihm waren.
Man entdeckte auch allerhand Tiere hier im Gestrüpp. Wenn man etwas Geduld hatte und ein paar Minuten

still auf einen Baumstumpf saß, war es möglich, einen Hirsch, ein Reh oder wenigstens einen Hasen zu sehen. Sie alle versteckten sich im schützenden Dickicht des Waldrandes vor Hitze und Menschen, um dann, wenn die Sonne untergegangen war, sich am gedeckten Tisch der Wiesen zu bedienen.

Der Wald war eine der wichtigsten Einnahmequellen des Freiherrn. Der Förster hatte die Aufgabe, diese Geldquelle zu pflegen und hegen und bestmöglich zu bewirtschaften. Darum sah das bewaldete Tal eher wie eine Säulenhalle als ein Wald aus. Hier stand Riese neben Riese, alle Stämme gerade und gleich dick.

Hinter diesem Waldstück grenzte schon das nächste nur getrennt durch einen Weg, der etwas Abwechslung brachte. Dort standen die gleichen Bäume, nur etwas kleiner und noch dünner im Stamm. So setzte es sich fort, Waldstück für Waldstück und irgendwo darin auf einer kleinen Anhöhe ein altes, mit Holzschindel beschlagenes Haus. Schwarzer Schiefer auf dem Dach, vom Moos und Laub bedeckt. Über der grün gestrichenen Eingangstür prangte ein Geweih, welches an einer Seite schon abgebrochen war. Neben der Tür eine Bank aus Baumstämmen gezimmert. Um das ganze Haus waren mannshoch Holzscheiten aufgebaut, wie eine zweite Mauer, obendrauf vor Regen und Schnee schützenden Schindeln. Neben dem Haus stand ein Stall, in dem ein paar Pferde untergebracht waren, auch Heu, Stroh und allerhand Arbeitsgeräte fanden dort ihren Platz. Etwas abseits stand ein lang gezogener Backsteinbau, dessen Seiten durch jeweils eine Reihe kleiner Sprossenfenster durchzogen war und auf der Stirnseite befand sich eine alte schmucklose

Eingangstür aus grobem Holz. Über der Tür ein altes, verrostetes Schild, dessen Aufschrift man nicht mehr entziffern konnte. Dort, in dieser Baracke lebten in den Sommermonaten des Försters Waldarbeiter, die meistens aus Rumänien oder Polen kamen.

Der Förster lebte das ganze Jahr im Wald und so sah er auch aus. Ein großer kräftiger Mann, nicht dick, aber kräftig. Wildes Haar und ein noch wilderer Bart, der mit grauen Strähnen durchzogen war, genauso wie sein Haupthaar.

Wenn er mit einem grauen Filzmantel und braunem Schlapphut durch den Wald zog, sein knorrigen, weit über ihn hinausragender Wanderstock in der Hand und das Gewehr geschultert, machte er einen angsteinflößenden Eindruck. Darum mieden vor allem die Kinder des Ortes den Wald. Es reichte schon, dass sie zum Totholzsammeln von ihren Eltern dort hingeschickt wurden. Das Totholzsuchen war eine billige und notwendige Möglichkeit, über Winter zu heizen. So spart man sich die teure Kohle, die extra aus der Stadt gebracht werden musste und der Freiherr bekam seinen Wald aufgeräumt. Eine Situation, welche allen nutzt, außer dem Herrn Schulze, denn dieser handelte auch mit Brennstoffen.

So griff ein Rad ins Nächste, es war ein Geben und Nehmen in diesem Mikrokosmos um Gut Heinrichseck. Doch der Wald wurde nicht ausschließlich wirtschaftlich genutzt. Ein nicht unerheblicher Teil der Fläche wurde nicht kultiviert und dort durfte die Natur sich austoben. Dieser Umstand war der Passion des Freiherrn Franz von Schütte geschuldet, denn dieser war leidenschaftlicher Jäger. Und da er lange beim Militär war, hielt er wenig davon, wenn ihm das Wild in einem aufgeräumten Wald vor der Flinte präsentiert wurde. Er liebte es, sich durch Gestrüpp und Unterholz zu schlagen und dem Wild auf der Spur zu sein. Der Urwald erstreckte ich auf einer Fläche weit hinter den kultivierten Wäldern, nur durch einen strammen einstündigen Marsch zu erreichen, aber der Weg lohnte sich. Es schien dort, als beträte man eine andere Welt, eine Welt, in der Geister und Elfen existierten.

Schon in frühen Jahren, ich denke, mit acht oder neun, zog es mich immer wieder zu diesem Ort. Mein Freund Peter begleitete mich ab und zu, aber ich glaube, der Weg dorthin war ihm zu weit, lieber saß er in der Gaststube seiner Eltern und genoss die Leckereien seiner Mutter, die im Gasthaus die Küche betrieb und gerade im Sommer täglich für ein Dutzend Waldarbeiter kochte.

Doch das machte nichts, ich liebte es auch allein dort umher zu schleichen und so allerlei Entdeckungen zu machen.

Es gab dort eine Stelle, an der sich eine Ruine befand, ich glaube, es handelte sich um ein altes Kloster. Das Gemäuer gehörte wohl auch zu dem Besitz derer von Schlütte, war aber seit Jahrhunderten verweist und die Zeit und das Abtragen der Steine durch die Dorfbewohner nagten so am Gemäuer, dass man nur noch erahnen konnte, wie es hier einmal ausgesehen haben könnte.

Neben der mit Dickicht zugewachsenen Ruine erhob sich eine grüne Mauer aus den verschiedensten Pflanzen und Gewächsen. Fingerdicke, mit Dornen bespickten Brombeerhecken wuchsen kreuz und quer und durchbohrten eine Reihe Hainbuchenhecken. Diese wiederum wurden von unzähligen umgestürzten Bäumen und Ästen flankiert und allem voran waren kleinere Hecken und Sträucher. Gehalten wurde das ganze Gerüst durch in die Höhe ragende Bäume, so sah es zumindest aus.

Hier schien es kein Durchkommen zu geben und ein Umgehen war mühsam. Vor der Ruine hat sich ein Platz ohne hohen Bewuchs gebildet. Das Einzige, was hier wuchs, war etwas Gras und Moos. Das Gras schön in Büscheln und das Moos weich wie ein Bett. Hier und da ragten ein paar Blüten hoch und morsche, fast verrottete Baumstümpfe ließen den Anblick noch geheimnisvoller wirken.

Hier war ich oft stundenlang auf dem Rücken liegend, sah in den Himmel und betrachtete die Wolken, die auf der einen Seite hinter den Baumkronen vorkamen, um dann ein wenig später auf der anderen Seite hinter anderen Baumkronen wieder zu verschwinden. Oft kreuzten ein Schmetterling oder auch Vögel meinen Blick nach oben, was mir eine schöne Abwechslung bot. Hier dachte ich schon in jungen Jahren viel nach, über mich, meine Familie und das Leben. Ich träumte von meiner Zukunft, was ich mal werden würde, was ich mal werden wollte, ich träumte von Schlachten, die ich anführen würde, über Heldentaten, die ich vollbringen wollte und von den vielen Menschen im Ort, die mir zujubeln würden, wenn ich sie tollkühn verteidigt hätte, vor all dem, was sie bedrohte.

Oft kam es vor, dass ich bei all der Träumerei eingeschlafen war und ab und zu kam es vor, dass ich erst spät am Abend wieder wach geworden war und dann musste ich schleunigst nach Hause laufen, um vor der Nacht wenigstens aus dem Wald zu sein. Wie oft kam ich im Dunkeln nach Hause, Vater und Mutter krank vor Angst, die sie sich im Moment meines Erscheinens nichts mehr anmerken ließen, um mich dann, als ob sie wütend wären, zur Rede stellten. In jedem Wort merkte ich Ihre Erleichterung, dass ich wieder da war, und spielte das Spiel mit, damit sie sich besser fühlten und dass ich nicht doch mal wirklich bestraft wurde.

Das waren Momente höchster Liebe. Momente, die einem Menschen zeigen, wie sehr er geliebt wird und wie sehr er lieben kann.

So kam es, dass ich auch im folgenden Sommer oft an der Ruine war. Ich erinnere mich an einen schönen, warmen, nicht heißen Vorsommertag. Im Wald selbst war es gar noch etwas kühl, dies konnte aber auch an der Uhrzeit gelegen haben, denn ich war an diesem Tag früh dran und dies, obwohl es erst Freitag war. Aber ich hatte Glück an jenem Tag, denn unser Lehrer war krank und wir durften die Schule nach kurzem Aufenthalt wieder verlassen.

Pfarrer Bosenbach war des Öfteren an Freitagen krank, da er gerne donnerstags im Gasthaus saß und dort mit zwei anderen Alten Skat spielte. Dabei schaute er nicht nur gelegentlich etwas tiefer ins Glas, was bei ihm am nächsten Tag wohl etwas Unwohlsein auslöste. Also hatte ich Zeit und nicht unbedingt den Drang, nach Hause zu gehen, da ich mir ziemlich sicher war, dass Mutter den fehlenden Unterricht nachholen würde.

Denn immer wenn unser Lehrer verhindert war, weckte dies in meiner Mutter ihren Lehrerinstinkt, welcher wohl in ihr schlummerte.

Daher beschloss ich, den Rest des Vormittags im Wald zu verbringen. Auch eine Art von Unterricht dachte ich mir noch. An der Ruine angekommen kletterte ich erst mal eine wenig auf den alten Steinhaufen herum, auf der Suche nach Eidechsen, die sich gerne auf den wärmeren, dunklen Steinen sonnten und in den Spalten und Ritzen Schutz suchten. Die Biester waren schwer zu fangen, schnell wie ein Blitz verschwanden sie, bevor man überhaupt in ihrer Nähe kam. Dann und wann hatte ich aber Glück und es gelang mir, einen zu fangen. Einmal hatte ich eine erwischt, die gut und gerne 15 cm lang war. Nach kurzer Begutachtung lies ich die Reptilien immer schnell wieder frei, denn ich wollte ihnen keinen Schaden zufügen.

Nach der Suche legte ich mich wie so oft ein wenig ins Moos und träumte so vor mich hin, von Drachen und Fabelwesen inspiriert durch die Echsen. Doch an jenem Tag wurde mein vertrautes Faulenzen jäh gestört. Ich beobachtete gerade eine kleine Wolke am Himmel, die mich irgendwie an ein Huhn erinnerte, vielleicht auch, weil ich so langsam Hunger bekam, als ich durch einen Schuss aufgeschreckt wurde. Ich rollte mich zur Seite und beobachtete auf dem Bauch liegend die Umgebung. Dabei verschwand ich gänzlich hinter einem großen Grasbusch, der vor mir war. In meinem Mund hatte ich immer noch den Grashalm, auf dem ich eben noch sinnierend herumkaute. Ich kniff ein wenig die Augen zusammen, da mir eine leichte Windbrise ins Gesicht blies. Minutenlang sah und hörte ich nichts und ich wollte mich schon wieder den Wolken zuwenden, doch kaum daran gedacht spürte ich etwas vor mir. Man spürt irgendwie, wenn andere Menschen in der Nähe sind, irgendwie nicht zu erklären.

Also beschloss ich, ohne darüber groß nachzudenken, weiter zu lauern. Mein Gefühl, dass jemand ganz nah ist, verstärkte sich zunehmend. Meine Hände fingen an zu schwitzen, ich spukte den Halm aus meinem Mund

und drehte dabei leicht meinen Kopf zur Seite. Ich hörte wie Äste, die auf dem Boden lagen, brachen und das Knacken kam näher und näher.

Ist das der Förster oder Wilderer?
Oh Gott, wenn der mich erschießt? Soll ich rufen,
weglaufen oder liegen bleiben?
All die Fragen schossen durch meinen Kopf!
Mit mir selbst noch nicht einig, wurde mir die Entscheidung abgenommen.
Aus dem Unterholz erschien plötzlich der Herr von Schlütte mit einem kleinen Jungen. Der Freiherr mit brauner Cordhose, grünem Parker und dunkelgrauem Dreieckshut schritt mit großen Schritten voran, sein Gewehr vorm Bauch gehalten und einen Finger am Abzug. Sein Mund war leicht geöffnet und unterm Schnauzer zog Dampf aus seinem Mund, man merkte deutlich, dass der Freiherr nicht mehr der Jüngste war.

„Komm schon Harald, ich spüre, wir haben ihn gleich", flüsterte der Herr, der nach jedem zweiten Wort nach Luft schnappen musste.

Ohne Kommentar folgte der Junge in gleichbleibendem Abstand. Dabei machte er einen gleichgültigen Eindruck.

Mein erster Gedanke damals war es, *die jagen mich*.
Ich weiß nicht, warum ich dies dachte, der Wald war ja für jeden zugänglich, aber ich dachte es eben.
Also beschloss ich in Deckung zu bleiben, sicher war sicher.
Die Jagdgesellschaft schritt weiter voran, Herr von Schlütte war mittlerweile an den ersten Überresten des

Klosters angekommen und hob ein Fuß auf ein kleines Mäuerchen, welches als solches kaum noch zu erkennen war. Er stellte seine Flinte neben sich und stützte einen seiner Unterarme auf den Oberschenkel des angewinkelten Beines, mit der Hand seines anderen Armes griff er in eine seiner Hosentaschen und zog ein großes weißes Tuch heraus. Damit wischte er sich die Stirn trocken und dabei schob sich sein Hut weit nach hinten, dass ich dachte, dieser würde gleich zu Boden fallen.

„Na, wo bleibst du den", wandte er sich zu dem Jungen mit schon etwas ruhigerer Stimme.

"Ach Opa, wann gehen wir endlich nach Hause", entgegnet der Junge, der mittlerweile auch an der Mauer angelangt war und neben dem Stiefel des Mannes Platz nahm.

„Das ist eines Tages dein Wald und dein Wild und dass musst du jagen können. Die von Schlütte jagten schon immer", wies der Großvater seinen Enkel zurecht.

Der Junge war an einer etwas entfernten Echse, welche das Treiben beobachte, weitaus mehr interessiert als an der Pauke seines Opas. Er griff zu einem kleinen Stock, welcher vor ihm auf dem Boden lag und fuchtelte zart vor dem Tierchen rum, als wolle er mit diesem fechten. Die Eidechse war wenig beeindruckt davon und wandte sich schließlich ab und verschwand in einer Spalte.

Mit einem „och", drehte sich der Junge wieder zu seinem Begleiter und warf mit Schwung den Stock ins Gebüsch.

„Gehen wir jetzt", fragte er den Freiherrn, der mittlerweile wieder mit seinem Gewehr in der Hand mit beiden Beinen auf dem Boden stand.

„Nichts da! Ohne Braten gehen wir heute nicht nach Hause und wenn wir die
ganze Nacht hier draußen sind", donnerte der Alte mit erholter, kräftiger Stimme.

Ich lag immer noch ängstlich hinter dem großen Grasbüschel und hoffte, dass sie weiterziehen, wenngleich mich auch der Junge, der ungefähr in meinem Alter war, interessierte. Denn ich habe ihn noch nie im Dorf gesehen, wir wussten zwar alle, dass auf dem Gut auch ein Junge wohnte, aber mehr auch nicht.

In einem unachtsamen Moment stieß ich mit meinem Stiefel an einen verrotteten Baumstumpf, der neben mir aus dem Boden ragte, dabei brach ein Stück Holz, welches ein leichtes Krachen verursachte. In selben Moment drehte sich der Freiherr mit einem großen Satz um, nahm sein Gewehr in Anschlag und bewegte seinen Oberkörper hektisch hin und her. Sein Enkel hinter ihm mit den Fingern in den Ohren und die Augen fest zu gepresst.
Mir stockte der Atem, *was soll ich tun*, dachte ich, und plötzlich, „Aaaaaaaaaah", ein lauter Schrei schallt durch den Wald. Herr von Schlütte riss sein Gewehr in die Luft und schrie, „Was soll denn das, Harald. Jetzt haben wir ihn verscheucht".

„Gehen wir jetzt", fragte der Junge trocken, der zwischenzeitlich die Finger aus den Ohren genommen und die Augen wieder geöffnet hat.

„Ach, mit dir hat das kein Sinn", nörgelte der sichtlich enttäuschte Großvater, der sich wieder abgewandt hatte und Richtung Gut ging. Gerade als sich der Junge auch abkehren wollte, kreuzten sich unsere Blicke.

„Aaaaaaaaaaaah", schallte es wieder durch den Wald, diesmal aber aus zwei Hälsen.

Der alte Herr zuckte zusammen und schrie, während er sich erneut umdrehte, „Habt ihr jetzt alle den Verstand verloren".

Nun hatte ich nichts mehr zu verlieren. Also stand ich auf und stellte mich.

Dabei sackte ich etwas zusammen, da während ich dort lag, mein Bein eingeschlafen war. Als ich mich wieder aufrappelte, standen beide Herren schon vor mir und schauten mich fragend an.

„Na, was machst du denn hier. Wer bist du denn überhaupt, Junge" fragte der Freiherr und machte dabei einen sanften, freundlichen Eindruck.

„Du kannst doch hier kein Verstecken spielen. Hier wird doch geschossen", fügte er mahnend an. „Hast dir ganz schön in die Hosen geschissen", ergänzte der Junge und grinste dabei.

„Ich. Ich bin, äh, Paul, äh, Paul Krämer, ich wohne ...", versuchte ich zu erklären und wurde vom Freiherr unterbrochen,

„Ah Krämer, der Junge vom Pächter Krämer".

Ich nickte. Der Freiherr schien leicht zu lächeln, er könnte aber auch sein Gesicht wegen der Sonne verzogen haben. Ich weiß es nicht.

„Jetzt aber schnell nach Hause" schoss es aus dem Freiherrn „und grüße mir deine Eltern."

Dies ließ ich mir nicht zweimal sagen. Ohne zu zögern, schnappte ich meinen Ranzen und meine Weste, welche beide am Rand der Moosfläche lagen und fing an zu laufen.
„Ey warte mal", hörte ich, als ich die kleine Böschung hinunterlief. Ich stoppte und drehte mich noch mal um. Oben auf der Anhöhe, die Ruine im Rücken, stand der Enkel des Freiherrn. Als er sah, dass ich stehen blieb, fing er an den Hang hinunterzulaufen, und ein Augenblick später stand er vor mir.

„Ich bin Harald", flüsterte er mir hastig zu.

„Harald, was machst du den jetzt wieder. Komm sofort hierher", rief der inzwischen scheinbar verzweifelte Großvater von Oben.

„Wenn du willst, können wir uns morgen hier wieder treffen. Samstags habe ich frei, da ist der Schneider in der Stadt. Kommst du", fuhr der Junge fort.

Ich wusste gar nicht, was ich antworten sollte, so überrascht war ich. Der eben mir noch arrogant und eingebildet vorkommende Junge wollte sich mit mir treffen und dass im Wald, an dem er anscheinend gar kein Interesse hatte?

„Wann", war das Einzige, was mir einfiel zu sagen, trotz der ganzen Gedanken in meinem Kopf.

„Ich bin um zehn da", rief mir der Junge zu, der sich schon wieder umdrehte und zu seinem Opa zurück lief.

Ich schaute ihm noch ein wenig nach und lief dann selbst wieder los. Zu Hause angekommen erzählte ich meinen Eltern weder von meinem freien Schultag noch von der Begegnung mit den Herren von Schlütte.
Ich hatte zu viel Angst, dass dies Folgen für mich hätte, denn ich sollte nicht ohne Bescheid zu geben in den Wald gehen.

In der folgenden Nacht schlief ich sehr unruhig, da ich mich einerseits auf das Treffen mit meinem neuen Freund freute, aber auch andererseits etwas Angst davor hatte, da ich nicht wusste, ob ich als Pächtersohn mit dem Enkel des Freiherren Kontakt haben sollte.
Am nächsten Morgen saß ich mit meinen Eltern am Küchentisch und wir frühstückten.

Als ich gerade mein Marmeladenbrot fertig geschmiert hatte, fragte Vater,
„was hast du heute vor Paul".

In diesem Moment fühlte ich mich irgendwie ertappt von ihm und ich merkte, wie mir das Blut in den Kopf schoss. Etwas verlegen antwortete ich,
„Ich, geh heute ein bisschen in den Wald."

„Alleine", entgegnete Vater.

„Ja, ja, Peter kann nicht, muss seinem Vater helfen",
sprach ich etwas angespannt.

Ich log meine Eltern nicht gerne an, doch schien es mir
gerade an diesem Tag gerechtfertigt. Was wäre, wenn
sie von Vorurteilen geleitet, einfach Nein sagen würden.
Dafür war ich zu neugierig geworden.
Wer war dieser Junge?

Ich wusste ja schon, dass er der Enkel des Freiherrn
war, aber wer war er wirklich?
Ich fühlte mich ihm nah, er war mir direkt sympathisch.
Könnte er mein Freund werden, fragte ich mich?
Dies wollte ich herausfinden und darum musste ich in
den Wald. Denn dort war ich nur Paul und er nur
Harald. Kein von und zu. Kein Gut, kein Hof, nur der
Wald und wir.

„Pass auf dich auf und bleib nicht zu lange", rief mir
Mutter hinterher, als ich mich auf den Weg machte.

Es war schon kurz nach neun, ich war spät dran, darum
legte ich ein Zahn zu und lief Teile des Weges. Ich lief
unseren Pfad entlang, bog in die Straße zum Gut, dabei
legte ich mich so weit in die Kurve, dass ich zu stürzen
drohte. Die kleinen Steinchen auf dem Weg brachten
mich beinahe zum Ausrutschen, in letzter Sekunde
konnte ich mich fangen und im Gleichgewicht bleiben.
Unbeeindruckt davon lief ich weiter. Das Tor des Gutes,
dahinter das weiße Gutshaus war in Sichtweite, als ich
wie der Blitz zwischen den großen Weiden auf die Wiese
abbog. Mit einem Satz kletterte ich über den Weidezaun
und lief durch das Gras in Richtung Waldrand. Die

Sonne schien mir ins Gesicht und ich konnte den Wald kaum erkennen, doch im Grunde war das auch egal, da ich den Weg auswendig kannte.

Am Waldrand musste ich das erste Mal meinen Lauf unterbrechen. Ringend nach Luft, meine Hände auf den Knien und nach vorne gebeugt machte ich im ersten Schatten eine kleine Pause, bis ich wieder zu Atem kam.
Meinen weiteren Weg setze ich gehend fort, zu dicht war am Waldrand das Unterholz. Als ich mich durch gearbeitet hatte, lag die schon besagte Waldsäulenhalle, so möchte ich sie nennen, vor mir. Das Laub unter meinen Füßen knisterte, mein Gang wurde angenehm weich. Nun fühlte ich mich wieder in der Lage, Zeit gutzumachen und etwas zu laufen.

Wie, wenn ich vor sonst was weglaufen müsste, rannte ich durch das liebliche Tal, immer wieder den großen Bäumen ausweichend. So lief ich von Waldstück zu Waldstück über Wege und Lichtungen, bis ich endlich in weiter Ferne durch unzählige Bäume die Umrisse der Ruine auf der Anhöhe sah.
Die Sonne strahlte auf das Grün, welches das Gemäuer umgab. Gräser, Farne und Efeu strahlten um die Wette. Als ich am Fuße der Anhöhe ankam, dort wo wir am Tag vorher standen, sah ich den kleine Weg hinauf, in der Hoffnung, dass Harald noch da war, denn ich war zu spät.

Luft schnappend ging ich die letzten Meter hinauf und blickte mich um. Es war keiner dort. Ich ging zu den alten Mauern, um mich auf ihnen etwas auszuruhen. Dabei setzte ich mich auf einen Absatz und lehnte mich gegen die angrenzende Mauer. Ich schloss für einen Augenblick meine Augen und konzentrierte mich auf meine immer noch hektische Atmung.

„Da bist du ja endlich", sprach plötzlich eine Stimme hinter mir.

Erschreckt öffnete ich meine Augen, sprang mit meinem Oberkörper nach vorne und drehte mich zu der Stimme. Ohne meiner Freude Ausdruck zu verleihen, antwortete ich, „Ja klar, wäre sowieso hier."

„Du bist öfters hier? Paul war dein Name, gell?", fragte er.

„Ja, öfters und ja Paul heiße ich und du Harald", antwortete ich und fragte,

„Was machst du hier?".

„Das war der Lieblingsplatz von meinem Vater und mir, bevor, er gehen musste, waren wir oft hier, fast jede Woche. Er war seit seiner Kindheit hier und später auch mit seinem besten Freund. Er sagte immer, der Ort wäre magisch.
Ich glaube, er hatte recht!"

Und ob er recht hatte, dachte ich und nickte ein wenig. Wir verbrachten fast den ganzen Tag auf der Lichtung. Harald erzählte aus seinem und ich aus meinem Leben. Wir lachten viel, denn zwei Jungs im selben Alter haben viele Gemeinsamkeiten, ganz egal in welche Familie sie vom Zufall geschickt wurden.

Als die Sonne schon wieder am Untergehen war und sich über die Lichtung ein fast orange wirkendes Licht legte und die Luft so wunderbar nach Sommer roch, wurde es Zeit, nach Hause zu gehen. Denn meine wie seine Mutter würden schon am Fenster stehen und wartend hinausschauen. Die eine in der Stube, die andere im Salon, doch das macht im Herzen keinen Unterschied.

Ich wusste an jenem Tag, als wir gemeinsam das letzte gemeinsame Stück unseres Weges über die Wiese gingen, dass ich einen neuen Freund gefunden hatte.

In der folgenden Zeit verbrachten wir jede freie Minute miteinander. Auch Peter war oft dabei und wir streiften gemeinsam über Feld und Flur, es war nie langweilig, nie traurig, nie einsam, denn wir drei waren Freunde, wie sie sich nur einmal im Leben und meist nur kurz treffen. Menschen verändern sich auch ihre Ansichten und Ziele, zu groß die Versprechen und Verlockungen der Welt. Versprechen die selten gehalten werden und Verlockungen, die nie zu erreichen sind, machen manch Glück von Freundschaft zunichte.

Doch was war, wird immer sein, wird vielleicht vergessen, aber nie ungeschehen.
Das ist mein Trost bis heute.

Die nächsten zwei Kapitel, so scheint es zumindest, passen nicht ganz zu meiner Geschichte.
Doch, passen sie!
Denn sie sind der Schlüssel zum Kindesland. Werden sie verstanden, versteht man meine Geschichte.
Der Weg ins Kindesland führt über alle Zeilen, denkt

man etwas umgehen zu können, verirrt man sich und es war umsonst. Man muss die Geschichte nicht lesen, man kann es auch sein lassen. Doch wenn man sich die Mühe macht und anfängt, dann sollte man sie lesen, um zu verstehen.
Wenn nur Informationen übermittelt werden sollen, macht es keinen Sinn.

Die Geschichte will gefühlt werden. Das ist die Herausforderung.

Sie sind der Geschichtenschreiber, ich gebe nur eine Vorlage. Sie müssen Kindesland in ihren Gedanken mit Ihren Emotionen, Erlebnissen, Prägungen ein Gesicht geben.

Kapitel 4
Wir sehen uns...

Was ich beschreibe, geschah in einer Zeit, als ein dunkler Schatten auf unserer Gesellschaft lag. In einer Zeit, in der das Wunder des Lebens nichts galt, Werte als Waffen benutzt wurden und dies unsagbares Leid auslöste.
Aus Respekt vor jedem einzelnen Individuum muss mein Erlebnis erzählt werden dürfen.
All das Licht um uns wirft auch Schatten, wo es hell wird, wird es auch dunkel werden und so war es auch in meiner Kindheit.
Meine Eltern verließen ihre Heimatstadt, weil dort die Menschen sich verändert hatten. Vielleicht hatten sie sich gar nicht verändert? Vielleicht wurde durch Schall

und Rauch, durch falsche Versprechungen und erfundener Geschichte Seiten in ihnen geweckt, die sie nicht kannten, welche aber immer da waren und die in ihnen wuchsen, bis sie nicht mehr zu kontrollieren waren?

Ein Mensch, egal zu welcher Zeit, egal an welchem Ort, sehnt sich nach Antworten auf seine Fragen. Woher wir kommen? Wohin wir gehen? Der Sinn von allem sind solche Fragen.
Wir suchen meist das, was wir zu finden hoffen. Wir suchen nicht das Unbekannte, nein, wir orientieren uns am Bekannten und hangeln uns von einer Erkenntnis zur anderen, immer in der Hoffnung auf Befriedigung unserer Neugierde.
Die meisten nutzen die uns gegebene Gabe der Fantasie nur sporadisch, vielmehr klammern wir uns an vermeintliche Wahrheiten und Tatsachen, die uns vorgegeben werden.
Die einen glauben an einen Schöpfer, orientieren sich dabei an vorgegebenen Mustern und Rastern. Dort pressen Sie Ihr Individualität hinein und fühlen sich in Sicherheit.

Stellen wir uns folgendes Szenario vor. In irgendeinem Land, in irgendeiner Stadt, in irgendeiner Straße ist ein großer schöner Spielplatz. Auf diesem Spielplatz gibt es allerhand Spielgeräte, unter anderem gibt es auch ein Wasserspiel. Dieses besteht aus einer Handpumpe, mehreren Kanälen aus Holz und einem Sandkasten. Bedient man nun die Handpumpe, indem man den Hebel ein paarmal hoch und runter bewegt, fängt das Wasser an zu fließen. Das Wasser läuft dabei in den ersten Kanal, der unter der Pumpe anfängt. Dieser

Kanal hat ein leichtes Gefälle und endet in einem kleinen Becken. Das Wasser fließt also vom ersten Kanalabschnitt in ein kleines Becken, von dort über den zweiten Kanalabschnitt in ein weiteres Becken und schließlich von dort in den letzten Kanalabschnitt der ca. 10 cm über dem Sandkasten endet. An den Beckenausgängen sind jeweils kleiner Schieber, die verhindern, dass das Wasser in den nächsten Kanalabschnitt laufen kann. Ist das Wasser im Sandkasten angekommen, verteilt es sich auf dem Sand und versickert unkontrolliert.

Stellen wir uns nun weiter vor, dass drei sich gegenseitig unbekannte Kinder im Alter von ungefähr fünf Jahren dieses Wasserspiel entdecken. Keines der Kinder hat jemals dieses oder ein ähnliches Wasserspiel gesehen oder bedient. Was wird passieren?
Nun, die Kinder werden ihre „Rollen" in diesem „Spiel" in kürzester Zeit finden. Sie werden an einer gemeinsamen Sache mitwirken und durch ihr persönliches Interesse den gesamten Spielablauf bereichern.
Welche Rollen sind möglich?

Es gibt außer den aktiven „Rollen" (Bedienen der Pumpe, Bedienen der Schieber, Gestalten der Sandfläche, Verhindern und oder Zerstören von anderen „Handlungen") auch die passiven „Rollen" (kein Bedienen, Gestalten oder andere Handlungen bis hin zu Emotionslosigkeit). Die verschiedenen Rollen beeinflussen sich direkt oder indirekt gegenseitig.
Jede dieser „Rollen", auch die vermeintlich negativen oder unbeteiligten, haben eine bereichernde Wirkung, da sie dem Spielverlauf neue Impulse setzen.

Wie finden die Kinder ihre „Rollen".
Die Kinder sehen auf dem Spielplatz dieses Spielgerät.
Zuerst werden sie sich das Gerät anschauen, wenn ein
Kind schon daran spielt, auch Abläufe abschauen und
schließlich verschiedene Funktionen ausprobieren. Als
Nächstes wird aus Analysieren, Fantasieren. Und zuletzt
formen und verstärken sich bei den spielenden Kindern
die möglichen „Rollen". Dieser Prozess ist variabel,
keine „Rolle" festgelegt, das Spiel ist in Bewegung.

Analytisches Verhalten ist weiterhin möglich, doch ist
das Fantasieren notwendig. Wäre dies nicht so würden
die Kinder die technischen Möglichkeiten an dem
Spielgerät „erforschen" und hätten vielleicht auch etwas
Freude daran, doch könnten sie keine „Staudämme"
bauen, „Festungen" fluten, „Drachenhöhlen" finden ….
Dies ist nur mithilfe von Fantasie möglich.
Ohne Fantasie würde der Mensch nur nach dem suchen,

was er vermutet, zu finden. Er würde durch seine
ausschließliche analytische Denkweise nur auf dem
aufbauen, was er zu verstehen glaubt. Durch eine
solche einseitige Denkweise wäre ein Leben mit dem
Glauben an etwas Höheres schwer möglich.
Fantasie ist der Schlüssel zu mehr.
Wieder andere glauben an die Macht ihrer selbst, sie
fühlen sich freier als andere und auch sicherer, doch
woher nehmen sie ihre Erkenntnisse. Sie studieren die
Lehren von anderen, die wie sie an sich selbst glaubten
und ihr Erreichtes weitergeben wollen und schon sitzt
die Individualität des Einzelnen wieder in der Falle.
Es gibt auch jene, die an nichts glauben und auf nichts
hoffen.

Alles Zufall?

Ein Zufall, dem keine Erwartung vorausgeht, ist Schöpfung in reinster Form.

Zufälle haben in unserem Leben immer etwas Unerreichbares, etwas nicht Steuerbares. Wir akzeptieren sie, da wir wissen sowieso nichts daran ändern zu können.
Wir erleben den Zufall als etwas Primitives. Es scheint, als gehe dem Zufall keine große Bemühung voraus. Oder hat sich ein Lottogewinner für seinen Gewinn großartig angestrengt? Auch im negativen Sinne, z. B. bei Unfällen scheint es so, als sei der Zufall nichts anderes als ein großer, primitiver, unausweichlicher Zustand, der sich aus dem Nichts bildet.

Traut man einigen naturwissenschaftlichen Aussagen, ist die Menschheit durch Zufall entstanden und das ist doch wunderbar.
Was bedeutet dies für einen Menschen? Nun, er könnte all die naturwissenschaftlichen Feststellungen ablehnen oder zumindest ignorieren. Aber er könnte sich dem Zufall auch anders nähern, er könnte den Zufall nicht als einen primitiven, unausweichlichen Zustand sehen, sondern als einen Funken zu „Höherem". Was wäre so schlimm daran, wenn der Mensch durch einen Zufall entstanden wäre? Wären wir dadurch weniger wert? Nein, sicher nicht. Aber wo wäre die Fügung?
Um einen Zufall als Schöpfungsakt verstehen zu können, müssen wir uns im Klaren sein, was Schöpfung ist. Wann sie anfängt und wann sie endet? Und vor allem, wer als Schöpfer infrage kommt?

Schauen wir dazu in unsere Umwelt. Die auf unserer Welt noch existierende „unberührte" Natur, etwa Teile vom brasilianischen Regenwald oder noch nicht erkundete Inseln in Ozeanien, zählen zu den unbedingt schützenswerten Gebieten unserer Welt. Einige Menschen haben es sich zur Aufgabe gemacht, diese „Juwelen" der Natur zu erhalten. Wir wissen heute ziemlich genau, wie diese wunderschönen Landschaften entstanden sind und genau das ist der Punkt. Uns fasziniert in erster Linie das Endprodukt, in diesem Fall die imposante Natur, erst dann deren Entstehung. Es spielt im Grunde keine Rolle wie unsere Welt entstanden ist, ob durch Wille oder Zufall. Es ist einzig und allein wichtig, dass sie entstanden ist. Auf dieser bestehenden Grundlage kann sich durchaus ein Schöpfer bilden, ohne einen Widerspruch zu provozieren.

Denn eine noch so wunderbare Welt ist erst dann zur Vollendung bereit, wenn sie eine schöpferische und respektierende Kraft erschaffen hat.
Lange vor dem menschlichen Bewusstsein existierte die Erde in ihrer ganzen Schönheit und funktionierte ohne dieses Bewusstsein wunderbar. Doch hat die menschliche Existenz ihrer Umwelt auch einen enormen Vorteil gebracht. Vor dem modernen Menschen existierte dieses System ohne die Kraft der Vorstellung, man könnte diese Vorstellungskräfte auch Visionen nennen. Das menschliche Bewusstsein schaffte es, sich und die Welt als Ganzes zu sehen und auch, mit Vorbehalt, zu verstehen.

Dieses neue Instrument ermöglichte der Natur erstmals

auf sich selbst zu blicken, war sie bis dato auf Adaption ausgelegt, kann sie in Zukunft mithilfe des menschlichen Verstandes die Evolution mitgestalten. Dieser Grundstein wurde bei den ersten Evolutionsprozessen zur Menschwerdung gelegt. Durch das menschliche Bewusstsein bekam die Natur ein Ego, welches ihr ermöglicht, sich selbst zu reflektieren, um letztendlich das System zu perfektionieren.

Unter all den unglaublichen Vorgängen, die unsere Welt erschufen, entstand nach einem langen Evolutionsprozess der heutige Mensch mit seinem bemerkenswerten Bewusstsein. Der Moment, an dem dieser Evolutionsprozess begann, könnte die Geburtsstunde von „Höherem" gewesen sein.

In der Kunst ist es nichts anderes. Alles in Regel, Normen, Erkenntnisse gepackt und erlaubt. Was abweicht, darf nicht existieren und wenn doch, dann in der Verbannung.

Der freie Geist scheint nur ein Fabelwesen zu sein. Ein jeder denkt, er hätte ihn inne, manche denken ihn auch zu nutzen, aber am Ende hangeln wir uns alle nur von Vorgabe zu Vorgabe, ohne es zu merken.

Jeder Mensch lebt in seinem eigenen Universum. Jeder von uns sieht, riecht, schmeckt und fühlt anders. Wir alle sind geprägt von anderen Ereignissen, jeder nimmt gleiche Ereignisse individuell wahr und verarbeitet diese in seinem Innern auf seine Art und Weise. Das Produkt, was er Umwelt nennt, ist das Produkt einer Anpassung. Er gleicht ständig seine Empfindungen und seine Gefühle mit denen seiner Umgebung ab und passt diese an. Was viele gut finden, kann nicht schlecht sein, ist die Devise. Auch wer sich wehren und besser als andere seine Individualität erhält, ist ständig der Versuchung ausgesetzt und befindet sich unentwegt im Kampf mit sich selbst.

Und wenn er es schafft, aller Anpassung zu widerstehen, läuft er immer noch Gefahr, selbst zum Auslöser von Anpassung zu werden. Die Existenz seiner selbst reicht dazu völlig aus. Natur lässt Kultur entstehen.

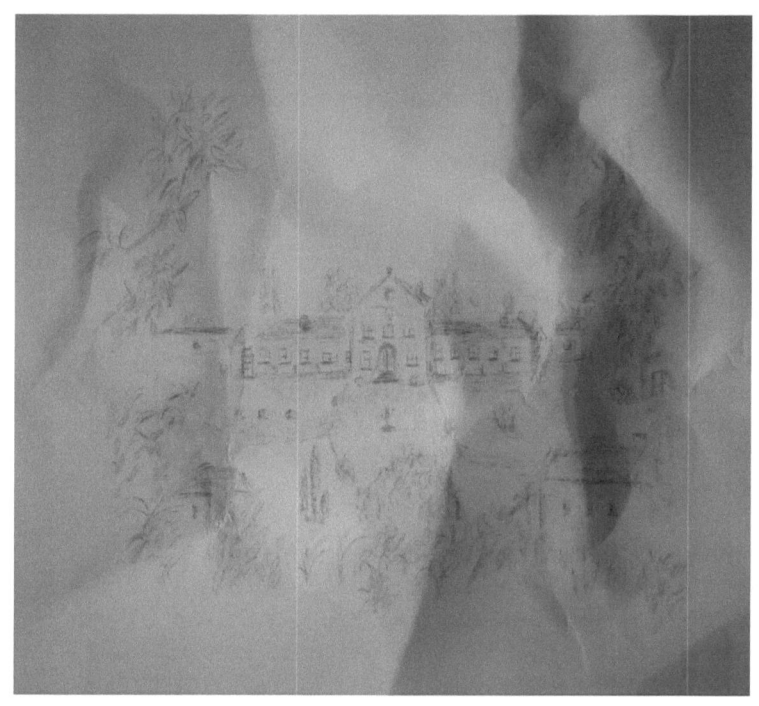

Gut Heinrichseck

Kapitel 5
Mutters Kunst

Wie ich schon erwähnte, war meine Mutter nicht nur

Bäuerin, sondern auch Künstlerin. Solange ich mich erinnern kann, hatte Kunst einen hohen Stellenwert in Ihrem Leben. Sie und Vater versuchten immer offen für Neues zu sein. Auch hier auf dem Land waren sie stets offen anderen gegenüber. Sie versuchten andere Lebensweisen und Ansichten zu verstehen oder zumindest tolerierten sie diese. Doch was meine Eltern gar nicht ausstehen konnten, waren Ungerechtigkeiten. Wenn ein Mensch durch seine Lebensweise anderen Schaden zufügte, waren für sie Grenzen überschritten. Auch ich empfand so wie sie und versuchte, ein guter Mensch zu sein. Dies gelang mir auch meistens, doch dann und wann überwog der jugendliche Leichtsinn in mir, manchmal zum Leidwesen von Herrn Schulze. Er hatte aber auch so verdammt leckere Sachen!

Meine Mutter orientierte sich bei ihrer Kunst gerne an der Natur. In ihr fand Sie Inspiration und auch Frieden. Oft ging sie stundenlang spazieren, sie streifte dann über die Felder und Wiesen. Sie legte sich ins hohe Gras und studierte die dort wachsenden Gräser und Blumen. Dabei machte sie sich stets Skizzen und Notizen. Wenn sie nach Hause kam, war ihre Kleidung oft starr vor Schmutz, als hätte sie sich in einem Schlammloch gesuhlt.

„Das gehört dazu", verteidigte sie sich, wenn man sie darauf ansprach.

Vater war anders, er arbeitet eher aus seiner Fantasie heraus. Er orientierte und inspirierte sich auch an seiner Umgebung, aber eben anders. Er war der feine Akademiker, wenn er Kunst machte. Sie eher die Revoluzzerin.

„Komm, ich zeig dir mal was", wenn sie dies sagte,

wusste ich, dass es ihr wichtig war, meine Meinung zu hören. Das war eine nicht abgesprochene Abmachung zwischen uns beiden. Ich war meist der Erste, dem sie ihre Arbeiten zeigte und ich musste nicht mal viel sagen, sie erkannte an meinem Gesicht, was ich davon hielt.

Ich muss zugeben, dass ich mich nicht immer für die Kunst meiner Eltern interessierte. Doch sie war immer ein Teil von mir, ähnlich wie eine kleine Schwester, die man nicht immer versteht oder verstehen will, man sie aber doch irgendwie gerne hat. So stellte ich es mir jedenfalls vor, eine Schwester zu haben.

Den wahren Wert ihrer Beschäftigung lernte ich erst viel später kennen und schätzen. Nicht nur die zahlreichen Bilder und Skulpturen, die mir meine Eltern am Ende doch noch hinterließen, sind mir sehr nah. Nein, besonders am Herzen liegen mir eine Handvoll Notizbucheinträge meiner Mutter.

Auf den Seiten beschrieb sie die Natur, wie sie diese wahrgenommen hat. Sie schildert darin, wo sie war und was sie in dem Moment, als sie dort war, fühlte.

Zwei Einträge möchte ich nun veröffentlichen, da ich denke, es hilft zu verstehen.

Eintrag 3
Heute ist ein windiger Tag, es scheint zwar die Sonne und es ist auch nicht kalt, aber sehr windig.
Ich dachte mir heute Morgen, es wäre schön, wieder mal zu dem kleinen Wasserfall in der Tiefenbergschlucht zu gehen. Dort war ich schon lange nicht mehr.

Hier ist es immer noch so geheimnisvoll wie eh und je.

Das unaufhörliche Plätschern des Wassers, die rauen Felsen und die hohen Tannen, welche alles in ein Halbdunkel tauchen, bringt mich auf folgende Gedanken.

In unserer Gesellschaft geht einer persönlichen Vollendung immer unpersönliche Taten voraus.

Alles hat seinen Anfang. Aus einem Samenkorn entsteht ein stattlicher Baum, aus einem Baum entstehen mehrere, aus mehreren Bäumen, irgendwann ein Wald. Dieser Ablauf wiederholt sich ständig, auf immer wieder neue Art und Weise. Sind aus einer Pflanze mehrere geworden, bilden sie einen gewissen Schutz, wodurch noch mehr von ihresgleichen und auch andere gedeihen können. Auch wir nehmen Schutz in Anspruch und geben Schutz. Persönlich, aber auch unpersönlich. Dieser unpersönliche Schutz ist der weitaus interessantere. In der Natur zählt die Gemeinschaft mehr als der Einzelne, doch haben wir Menschen diese unbewusste Tatsache in ein bewusstes System gewandelt und diesem den Namen Gesellschaft gegeben. Im Laufe der Zeit wurde dieses System immer weiter perfektioniert und dieser Prozess steht erst am Anfang.

Das Zusammenspiel von Milliarden Menschen ermöglicht dem Einzelnen einen besseren Lebensstandard. Wie viele Menschen werden benötigt, damit ein einzelner Stadtmensch ein Glas Milch trinken kann? Höchstwahrscheinlich kennt dieser seine ganzen Helfer gar nicht oder nur einige wenige. Dies scheint für uns ganz normal, doch können wir diesen Umstand auch weiterdenken. Wie schon erwähnt, ist die uns umgebende Natur, so wie wir sie wahrnehmen, nur uns Menschen vorbehalten. Nichts und niemand nimmt diese auch so wahr. Nur wir können einen Zusammenhang von allem erkennen. Wir sind die Schöpfer unserer Weltanschauung.

Großes entsteht im Kleinen und Kleines entwickelt sich wiederum im Großen.

Diese große schöpferische Gesellschaft besteht aus Milliarden von einzelnen Kräften, die sich im Schutz dieser Gesellschaft entwickeln können. Ein System, das sich selbst „nährt".

Doch steht am Anfang dieser großen kulturellen Leistung unsere Umwelt. Ohne Natur wäre Kultur nicht möglich.

Das immerwährende Streben nach dem eigenen Fortbestehen zeigt sich bei Pflanzen nicht im absichtlichen, sondern vielmehr im unabsichtlichem Verdrängen.

Ich sehe dich, du siehst mich, wir sehen euch. Ich höre dich, du hörst mich, wir hören euch ... Diese Prinzipien ermöglichen uns, in unsere Umwelt zu bestehen. Nicht nur physisch, sondern auch psychisch. Der Mensch hat die unvergleichliche Gabe, das in sich Aufgenommene zu verarbeiten, sodass er es bestmöglich für sich nutzen kann. Ob wir dieses auch immer tut, bleibt offen. Wie würden wir unser Umfeld wahrnehmen, wenn wir die aufgenommenen Informationen nicht interpretieren könnten?

Wir wären ziemlich einsam.

Stellen wir uns vor, blind zu sein.

Wie weit ist nun unser Austausch mit der Außenwelt eingeschränkt?

Stellen wir uns nun vor, blind und taub zu sein.
Um wie viel mehr sind wir nun gehindert?

Stellen wir uns zuletzt vor, blind, taub und nicht in der Lage zu sein, unsere Umwelt geistig zu verarbeiten. Soll heißen, wir verstehen nicht, was um uns passiert.

Wie wird ein Mensch sich in einer solch tragischen Situation vorkommen?

Lassen wir uns auf folgendes Gedankenspiel ein.

Wir sehen, hören und verstehen unsere Umwelt nicht oder nur sehr eingeschränkt. Unserem Nachbarn geht es genauso, dessen Nachbarn ebenfalls so und so weiter. Nun wollen wir uns aber entwickeln und unsere Lebensbedingungen verbessern, dazu benötigen wir mehr Ressourcen. Dieser Mehrbedarf muss, wenn die vorhandenen Ressourcen nicht unendlich zur verfügbar stehen, an anderer Stelle eingespart werden. Das heißt, was wir mehr verbrauchen, müssen unsere Nachbarn weniger verbrauchen. Dies ist natürlich auch umgekehrt der Fall. Wer in dieser Situation besser über die nutzbaren Ressourcen verfügen kann, verdrängt, ohne über deren Existenz zu wissen und somit ohne Absicht seine Nachbarn.

Das Verhalten von Pflanzen ist diesem Gedankenspiel sehr ähnlich. Sie können Lichtreize, Schallwellen, Berührungen und/oder andere Einflüsse wahrnehmen und damit ihre eigene Entwicklung und die von anderen beeinflussen. Manche können sich auch in gewissem Maße gegen schädliche Einwirkungen zur Wehr setzen. Aber letztendlich tun sie dies alles, ohne ihre Außenwelt zu werten. Sie können weder Rücksicht nehmen, noch können sie rücksichtslos sein, denn dies ist eine Eigenschaft, welche in der Pflanzenwelt nicht vorkommt.

Erst der menschliche Geist verleiht der Natur Würde.

„Die Natur an sich, ist wunderbar. Sie ist vielfältig, bunt, schön, berauschend".
Sagt der Mensch.
„ ".
Sagt die Natur.

„Die Natur an sich ist wunderbar. Sie ist vielfältig, bunt, schön, berauschend" versteht sich als Empfindung, welche durch andere Emotionen ersetzt werden kann. Es könnte auch heißen „Die Natur an sich ist scheußlich. Sie ist langweilig, dunkel, hässlich, abstoßend". Das Ergebnis ist das Gleiche. Die Menschheit erfasst die Welt als Ganzes, wertet diese, um ihr dann aus der Summe aller Erkenntnisse gebildet, eine Persönlichkeit zu verleihen und damit einhergehend auch Würde.

Gäbe es nun den Menschen nicht, wie würde die Welt wohl aussehen. Ich glaube nicht, dass es der Menschheit möglich ist, ihre eigene Nichtexistenz zu simulieren. Es wird bei einer Annäherung bleiben. Immer wird eine beeinflussende Wertung einfließen.

Der menschliche Geist besitzt ein brillantes Verständnis für Zusammenhänge.

Dieses ermöglicht uns als einziges Lebewesen auf Erden unseren Planeten vollkommen wahrzunehmen.

In Anbetracht der Tatsache, dass die Existenz der Erde endlich ist und der moderne Mensch das einzige Lebewesen ist, welches in der Lage sein könnte, Leben von der Erde auf andere erdähnliche Planeten zu evakuieren, macht dieses konkurrenzlose Verständnis der Zusammenhänge durchaus Sinn.

In welcher Situation sind wir? Nun vergleichen wir die Natur uns, einbegriffen, mit einem menschlichen Körper, so ergeben sich doch verblüffende Ähnlichkeiten. Der Mensch verfügt über ein Organsystem, welches seinen Körper am Leben erhält. Dabei arbeiten alle Organe perfekt und autonom zusammen. Wir können, müssen aber nicht mit unserem Verstand in diesen Ablauf eingreifen. Somit hat unser Verstand Zeit, sich mit anderen Dingen zu beschäftigen. Ohne Verstand, nur auf Instinkte reduziert, wäre ein Mensch durchaus lebensfähig, doch wäre seine Wahrnehmung sich und anderem gegenüber sehr eingeschränkt.

Auch die Natur kann ohne den Menschen existieren.

Alle Abläufe in diesem System arbeiten perfekt und ohne Einfluss des Menschen zusammen. Doch erst bei der Einbeziehung wird aus einem funktionierenden System ein System, das in der Lage ist, sich ständig selbst zu verbessern und sein Potenzial völlig zu nutzen. Ein System, das mit einer schnellen Eingreiftruppe Probleme lösen oder korrigieren kann. Und vor allem, welches Vor- und Nachteile erkennen kann, bevor diese entstehen.

Die Eigenschaft des „unbewussten Egoismus" in der Pflanzenwelt ist der Garant für einen reibungslosen Ablauf aller pflanzlichen Vorgänge in unserer Umwelt. Wäre nur eine Pflanzengattung nicht diesem „unbewussten Egoismus" unterlegen, wäre die uns umgebende Pflanzenwelt mit Ihrer scheinbaren Harmonie nicht die, welche wir zu kennen glauben. Durch diesen Umstand konnte durch evolutionäre Anpassung eine eindrucksvolle Flora entstehen. Wir erleben dies, als würde die Flora nach demselben Prinzip wie wir handeln. Doch ist jede Phase im Leben einer Pflanze auf Eigennutz ausgelegt. Wobei durch diesen Eigennutz selbstverständlich einen Nutzen für andere resultieren kann und tut. Dieses unabsichtliche Gemeinnutz ist im Grund genauso unerlässlich wie der Eigennutz, auch dieser trägt zum Funktionieren der gesamten Flora bei. Unsere Welt ist unsere Lebensgrundlage, ohne die wir nicht existieren können. Auch bei der Menschheit gibt es Egoismus, dieser unterscheidet sich aber grundlegend von dem der Pflanzenwelt.

Menschen sind gemeinnützige Lebewesen, die bewusst zu Eigennutz tendieren. Pflanzen sind eigennützige Lebewesen die unbewusst zu Gemeinnutz tendieren.

Der Mensch braucht als Lebensgrundlage eine verlässliche Flora, nur dann kann er großartige Kultur erschaffen. Existierten in der Pflanzenwelt die gleichen Kulturmöglichkeiten wie bei uns Menschen, würde ein nie da gewesener Konkurrenzkampf entstehen. Der Mensch müsste sich der Natur ungleich mehr anpassen und wäre in seiner Entfaltung enorm eingeschränkt. Ein „Gleichgewicht" wäre nicht optimal, da Leistungen im Bereich der multi-flexiblen Dominanz nicht gänzlich genutzt werden könnten. Erst durch dieses „Ungleichgewicht", also der absoluten Dominanz von diesem Bereich, macht es möglich, unsere Welt zu verbessern und dadurch ein bestmöglichen Nutzen für alle zu schaffen.

Wir Menschen müssen in die richtige Richtung gehen, das Opfer der Natur darf nicht für Böses genutzt werden, es muss Gutes entstehen, damit wir mit Gutem unsere Schuld bezahlen können. Denn das müssen wir sicherlich.

In der Pflanzenwelt ist nicht das, wer, was oder warum entscheidend, sondern nur das wie.

Pflanzen leben. Das ist eine Tatsache! Sie wollen nicht leben und sie wollen nicht nicht leben. Pflanzen entfalten sich immer bestmöglich, das bedeutet jedoch nicht Wachstum um jeden Preis, sondern im Optimum gedeihen.

Sie kennen weder Strategie noch sind sie vorausschauend oder nachtragend. Pflanzen haben kein Ziel. Sie existieren einfach. Pflanzen haben weder Interesse noch Desinteresse. Ergibt sich ein Vorteil, wird dieser genutzt, ergibt sie keiner, auch gut!

Die Flora ist eine Einbahnstraße, es gibt nur eine Richtung mit dem Namen Nutzen.

Wachsen, Gedeihen, Vermehren, Ausbreiten sind einzig und allein Mittel zum Zweck. Schauen wir uns die Vermehrung an. Pflanzen vermehren sich nicht absichtlich, es ist nicht ihr vorrangiges Ziel, denn dann wären sie vorausschauend und dies würde Verstand voraussetzen, sondern sie vermehren sich, weil es in Ihrem biologischen Bauplan so vorgegeben ist. Letztendlich ist auch hier nur der eigene Nutzen von Bedeutung.

Nutzen ist der entscheidende Faktor bei Pflanzen.

Je besser eine Pflanzenart die ihr zur Verfügung stehenden Ressourcen nutzt, umso stabiler wird Ihre Population. Wenn eine Pflanzenart die vorhandenen Ressourcen nicht optimal nutzen kann, schwächt sie sich und ihre Nachkommen dauerhaft, da andere Arten diesen „Überschuss" an Ressourcen nutzen und dadurch immer die Gefahr einer Dominanz besteht, die für die nicht optimal nutzende Art zu einer Gefahr werden kann.

Genau dieses bewusstlose „Sein", welches unsere Flora beherrscht, ist das Geniale. Alles ist auf „Nutzen" ausgelegt, alles. Jedes Teilchen in diesem System, sucht sein Optimum. Dabei spielt die Gegenwart die Hauptrolle, für Aktivitäten die in der Zukunft liegen (Prognosen, Strategien …) wird keine Energie verbraucht. Die Zukunft scheint keine Rolle zu spielen. Und genau dieses im Grunde sehr einfache System ermöglicht dem Menschen, seine Möglichkeiten voll auszunutzen.

Die Erkenntnis, dass Pflanzen leben, statt leben zu wollen, ist grausam, denn es ist ein da sein und kein Dasein.

Wozu ist der Mensch in der Lage? All das aufzuzählen würde jeden Rahmen sprengen, deshalb möchte ich es so ausdrücken.

Wer B versteht, bevor er A macht, kann direkt zu D.

Dieses Wortspiel beschreibt treffend einen, wenn nicht den menschlichen Vorteil, die Fähigkeit zu planen. Der Mensch ist in der Lage, die Folgen seines Handelns

abzuschätzen. Die Menschheit kann verschiedenste Zukunftsszenarien erarbeiten und diese analysieren, um sich dann für den besten Weg zu entscheiden. Ob wir immer den besseren Weg wählen, bleibt offen, aber ich glaube, genau diese Fähigkeit werden wir in Zukunft perfektionieren.

Wer seine Zukunft plant und auch die seiner Umwelt zumindest mitplanen kann, ist sich seiner bewusst. Durch dieses Selbstbewusstsein setzen wir uns ständig mit den unterschiedlichsten Wertvorstellungen auseinander. Jede Bemühung, ob positiv oder negativ, werten wir, um sie dann in unserem Gedächtnis einordnen zu können. So wird unser Leben „wertvoll".

Die Pflanzenwelt wertet nicht. Hätte in der Flora eine Pflanzenart die Chance, die, sagen wir, „Weltherrschaft" zu übernehmen, würde sie dieses unabsichtlich tun.

Pflanzen nutzen alle ihnen zur Verfügung stehenden Möglichkeiten, sich zu verbreiten, dabei kennen sie kein „Gut" oder „Böse", alles, was passiert, passiert ohne Wertung. Ein Sein ohne Ziele, Erhaltung nur der Existenz wegen.

Ob ein Resultat positiv oder negativ für die Umwelt ist, legen wir alleine durch unsere Wertung fest, für die Flora hat es keinerlei Bedeutung.

Leben oder Sterben beides ist ein völlig neutraler Vorgang.

Was passiert, wenn unser geliebter Apfelbaum stirbt?

Wenn dieser wundervolle Freund, an deren Ästen wir schon als Kinder geschaukelt haben, von uns geht?

Nun, ich denke, dem Baum ist das alles ganz egal. Der Baum kennt keinen Tod, er kennt kein Leben, er existiert einfach.

Leben positiv, Tod negativ sind menschliche Wertungen. Für unseren Freund den Baum, spielen diese Schematisierungen keine Rolle. Und genau dieser Umstand macht uns die Natur so erträglich. Sie zeigt uns Leben in seiner reinsten Form. Leben ohne die Zwänge des Egos. Wir brauchen unsere florale Umwelt nicht nur rein biologisch, sondern nicht zuletzt als Ausgleich für unser dominantes Ego.
Die uns umgebende Flora ist faszinierend und wundervoll und schützenswert. Doch ist es eine Tatsache, dass alle Auffassungen dieser floralen Umwelt

gegenüber durch und durch menschliche Wertungen sind, wenn wir unsere Flora schützen machen wir das zu unserem eigenen Nutzen. Indem wir unsere Umwelt verbessern, verbessern wir nicht nur unsere Bedingungen, sondern auch unser Gewissen, dadurch erreichen wir positive Wertungen, die schließlich unser „Lebensgefühl" verbessern. Wir sind Teil dieser Natur und wenn wir sie zerstören, dann zerstören wir unsere Lebensgrundlage, aber so seltsam es klingen mag für unsere florale Umwelt ist es ein neutraler Vorgang, wenn sich verschiedene Bereiche gegenseitig zerstören, denn sie ist nicht nachtragend.

Als ich die Überlegungen meiner Mutter zum ersten Mal bewusst gelesen habe, also auch zu verstehen glaubte, wusste ich, was sie meinte.

Sie schrieb diese Zeilen, als ich noch ein Kind war und es nicht verstehen konnte. Später geriet es in Vergessenheit, wie so vieles im Leben und irgendwann ist es zu spät gewesen, da sie gestorben war. Jetzt habe ich ihre Gedanken verstanden und sehe sie anders, tiefgründiger und kann es ihr nicht sagen. Aber ich kann ihre Gedanken weitertragen, so wie der Wind die Polle trägt.

Ich möchte ihnen, bevor ich meine Geschichte weitererzähle, einen weiteren Eintrag meiner Mutter nicht vorenthalten.

Darin beschreibt sie ihre Beziehung zur Kunst, was sie darin sieht und mit ein wenig Geduld kann man dort die ein oder andere Antworten finden.

Eintrag 5

Heute sitze ich auf der Wiese unten an der Straße, oh wie wunderbar ist das Leben um mich. Bei aller Unscheinbarkeit die es mir vorgaukelt, ist doch alles um mich auch der kleinste Käfer ein Wunder.

Gibt es das besondere, einzigartige Kunstwerk? Diese Frage beschäftigt mich seit vielen Jahren. Um darauf eine Antwort zu finden, ging ich auf die Suche. Doch wo sollte ich anfangen? Ich hätte mich durch das gesamte künstlerische Schaffen der Menschheit arbeiten können, um mich mit all den Werken großartiger Menschen auseinanderzusetzen, unzählige Bilder, Schriften, Skulpturen oder anderer Kunstgegenstände hätten auf meine Begutachtung gewartet, doch würde mein Leben nicht ausreichen, um alle zu studieren, geschweige denn zu verstehen. Also suchte ich einen anderen Weg, das eine Kunstwerk zu finden.

Doch musste ich mir als Erstes die Fragen beantworten, wo und vor allem was ich suche. Nach Jahren wurde mir klar, dass ich zum Anfang zurück muss. Und dieser ist leicht zu finden. Wir müssen nur unsere Augen öffnen. Denn das, was wir sehen, egal was der Ursprung von aller Kunst ist. Und genau dort fand ich das von mir Gesuchte und noch mehr.

Was nehmen wir wahr?
Wir nehmen unsere Umwelt wahr.

Was machen wir damit?
Wir verarbeiten das Wahrgenommene.

Wie Verarbeiten wir das Wahrgenommene?

Wir machen es uns bewusst.

Was ist Bewusstsein?
Die geistige Tätigkeit des Menschen, seine Umgebung
zu erkennen und zu verstehen.

Was ist eine menschliche Tätigkeit?
Menschliche Tätigkeiten bezeichnet man als Kultur.

Was ist Kultur?
Kultur ist, was wir Menschen erschaffen.

Was kann ein Mensch alles erschaffen?
Wir erschaffen in erster Linie unsere Weltanschauung.

Was ist eine Weltanschauung?
Im Grunde ist eine Weltanschauung ein kreativer
Prozess.

Wie kann man einen kreativen Prozess noch nennen?
Kunst.

Alles, was wir wahrnehmen, verarbeiten wir in
kreativen Prozessen. Solche Prozesse kann man
durchaus als Ursprungskunst bezeichnen. Dabei ist
diese anfangs neutral.
Erst unsere Wertungen und die daraus folgende
Handlungen machen sie positiv oder negativ. Sind wir
als Betrachter bereit, unsere bewusste Weltanschauung
über ein normales Maß zu bearbeiten, können wir aus
solchen kreativen Prozessen Kunstwerke entstehen
lassen.
Wir sind „Lebenskünstler", welche aus alltäglich
gelebter Kunst Kunstwerke entstehen lassen können.

Doch sind kreative Prozesse mehr als Kunst, Kultur, Weltanschauungen oder wie man es sonst noch nennen mag.
Es sind schöpferische Akte. Dies inspiriert zu der Annahme, dass es auf Erden eine schöpferische Kraft gibt, die uns allgegenwärtig und doch so fremd ist.

Obwohl wir Menschen uns im Einzelnen oft überschätzen, unterschätzen wir uns im Ganzen. In unserer Geschichte gibt es immer wieder Persönlichkeiten oder Gruppierungen, die sich über andere erheben. Wie oft wurden Herrschende wie Götter verehrt! Bis heute gibt es in jedem Staat Menschen, die führen und Menschen, die folgen. Es ist auch notwendig, Strukturen zu bilden, um Recht und Ordnung aufrecht zu halten, doch oft wird dies auch ausgenutzt, weil sich Einzelne überschätzen.
Doch schauen wir uns die Menschheit mit all ihrem Tun

im Gesamten an, kann man etwas Erstaunliches erkennen.
Die Menschheit schätzt ihre eigene Leistung sehr gering ein. Immer schreibt sich die Gesellschaft eine gewisse „Schuld" zu, welche kurz und mittelfristig berechtigt ist, aber langfristig, so glaube ich, nicht aufrecht zu halten ist.

Denn die anderen werden ihren Schrecken verlieren. Ihre grausamen Taten immer in Gedanken, wird das Gute siegen.

Kunst lebt vom Erschaffen - Senden - Empfangen. Doch das reicht nicht, erfüllende Kunstwerke leben vom Erschaffen - Senden – Empfangen – Erschaffen. Der

Sender erschafft Kunst, der Empfänger ist mehr oder weniger interessiert an diesem Geschaffenen. Wie oft werden Werke guter Künstler in irgendwelche Räume gehängt und „vergessen". Ist das Kunst oder nur Dekoration? Wenn nun aber der Empfänger das Geschaffene intensiv wahrnimmt und dabei Emotionen oder Fantasien ausgelöst werden und er diese geistig verarbeitet, dann ist aus einem Kunsthandwerk ein wahres Kunstwerk geworden. Der Kunstschaffende verarbeitet seine Vision in den verschiedensten Materialien. Diese erste Phase beginnt mit einem schöpferischen Prozess und endet mit einer handwerklichen Leistung.

Nun steht am Ende der ersten Phase ein in der Realität manifestierter künstlerischer Gedanke, das „Kunstwerk scheint fertig zu sein. Es gibt nun zwei Möglichkeiten: Erstens, die „Umwelt" des Schöpfers ist nicht oder nur mäßig interessiert.

Zweitens, ein Teil der „Umwelt" des Schöpfers ist interessiert und bereit, sich auf das Werk einzulassen. Was bedeutet das? Im ersten Fall erhält dieser manifestierte Gedanke keine große Aufmerksamkeit. Dies bedeutet nicht, dass das Werk nicht von vielen „gesehen" wird, sondern dass deren Interesse daran eher oberflächlicher Natur ist. Es ist existent und schön anzuschauen, nicht mehr und nicht weniger.
Bis jetzt wurde ein Werk geschaffen, gesendet und empfangen. Und jetzt wird es interessant. Ein künstlerisches Werk, ganz egal, ob handwerklich gut oder schlecht, kann nur zu einem wahren Kunstwerk werden, wenn die Phase „Empfangen" im Optimum steht. Nur wenn es Menschen gibt, die sich mit dem

Werk auseinandersetzen, kann es sich voll entfalten. Dadurch wird das Werk ein zweites Mal geschaffen. Dies erklärt auch die zweite Möglichkeit. Je mehr Menschen von dieser realisierten Idee inspiriert werden, je größer wird sein künstlerischer Wert. Dabei entstehen aus einem Kunstwerk viele. Denn der, der sich damit beschäftigt, verändert das geschaffene Werk ein jeder interpretiert es auf eigene Weise. Dadurch ändert sich zwangsläufig die geistige Welt des Betrachtenden. Durch solche Eindrücke, wie wir sie in der Kunst erleben können, wird ein Mensch, vergleichbar mit einem Mosaik, Stück für Stück geformt. Durch Erlebtes, egal welcher Art, werden Entscheidungen und Lebensweisen beeinflusst. Die Kunst ermöglicht uns, durch das „erkennen" von Kunstwerken, diese Fähigkeit der geistigen Bildung zu verbessern. Es ist nicht abschätzbar, wie sehr Kunstwerke das menschliche Sein beeinflussen und das nicht nur im künstlerischen Bereich, sondern in allen Lebensbereichen.

Ein Mensch kann, wenn er tiefes Interesse zu wecken vermag, wahre Kunstwerke schaffen.

Um tiefe Spuren zu hinterlassen, reicht es, ein Werk zu schaffen. Es muss nur das „Richtige" sein. Wenn ein Künstler tausend Bilder malt und keinen „Empfänger, der erschafft" erreicht, ist seine Kunst nichts. Wenn jedoch ein Künstler ein Bild malt und tausend „Empfänger, die erschaffen" erreicht, dann hat er mit einem Minimum das Maximum erreicht.

Auf diesen Grundlagen entwickelte Sie eine Art, Bilder zu machen, die mich immer wieder aufs Neue faszinierten. Sie beschrieb es mit folgenden Worten.

Eine seit Jahrtausenden währende Tradition mit oder über Pflanzen Kunstwerke zu schaffen oder sich durch diese inspirieren zu lassen, möchte ich durch neue Impulse bereichern.

Meine Arbeiten stellen keine Landschaftsdarstellungen, wie man sie vielleicht erwartet dar, sondern sie neutralisieren zunächst die menschliche visuelle Wahrnehmung.

Ziel ist es, dem Betrachter eine funktionsfähige, aber für ihn abstrakte Umwelt zu simulieren. Das Projekt macht deutlich, dass ein jeder Mensch seine eigene visuelle Umwelt erschafft. Sobald ein Mensch etwas wahrnimmt, gleicht er das Wahrgenommene mit seinen Erinnerungen ab. Je mehr Wissen seine Erinnerungen beinhalten, je höher ist die Qualität seiner Umwelt, da er diese intensiver wahrnehmen kann.

Im Fazit bedeutet das, dass durch eine Veränderung des Wissensstandes auch eine Veränderung der Wahrnehmung möglich ist.

Meine Bilder sollen nicht als „Erinnerungshilfe" verstanden werden, sondern vielmehr soll mit dem ständig wechselnden schöpferischen Akt von innen (Mensch) nach außen (Umwelt) experimentiert werden.

Die sogenannten Flecken sind durch Fakten entstanden, die zufällige Anordnung und Größe darf nicht darüber hinwegtäuschen, dass hinter jedem Fleck ein

natürliches florales System steckt.
Die Flecken zeigen uns Natur, wie sie der Mensch nicht wahrnimmt und bringt uns damit die im menschlichen Verstand verankerte schöpferische Fähigkeit näher.

Nur der Mensch ist in der Lage, die Welt als Ganzes wahrzunehmen. Alle anderen Lebewesen können nur Bruchstücke wahrnehmen und verarbeiten. Das Verstehen des uns umgebenden Ganzen bleibt dem menschlichen Verstand vorbehalten.

Der Mensch betrachtet seine Umwelt, um sich darin zurechtzufinden. Man könnte dieses Verhalten auch als evolutionär schöpferischen Akt bezeichnen. Doch sammelt der menschliche Verstand ständig neue Erfahrungen, um diese dann zu analysieren und mit verfügbaren Erinnerungen abzugleichen. Dieser immerwährende Prozess ist kein evolutionär schöpferischer Akt mehr, sondern vielmehr ein kulturell schöpferischer Akt, da nicht das Erfahren, sondern eher das Erinnern im Vordergrund steht. Durch diese Vorgänge bildet sich die menschliche Weltanschauung.

Aus einem evolutionär schöpferischen Akt entwickeln sich kulturell schöpferische Akte, deren Qualität von der Menge an verfügbaren Erinnerungen abhängt.
Im evolutionär schöpferischen Akt dominiert die Erfahrung im Sinne von Erleben. Dieser wird durch den kulturell schöpferischen Akt, bei dem die Erinnerung dominiert, abgelöst. Evolutionär schöpferische Akte finden wir dort, wo Neues, uns Unbekanntes zu finden ist.

Dies ist ein Versuch, nicht durch die exklusive menschliche Wahrnehmung die Umwelt zu erkennen, eine Wahrnehmung, die seit Jahrtausenden kulturell geprägt und geformt wurde und somit zwar individuell, aber doch stark beeinflusst ist.

Die Natur, die uns umgibt, wird von jedem Menschen autonom wahrgenommen. Selbst der ständige Austausch von Informationen untereinander ändert nichts daran, dass ein jeder Mensch bei der Wahrnehmung der Umwelt auf sich gestellt ist.

Wir sehen das Gleiche, nehmen aber nicht das Gleiche wahr.

Beim betrachten der Flecken fehlt dem Betrachter die Orientierung, er kann nichts „greifen".
Dies ist der Punkt, an dem die Wahrnehmung des Betrachters neutralisiert ist.

Die dargestellte Natur ist aus den Fesseln der kulturell schöpferischen Akte des Betrachters gelöst.

Schaut er intensiver, dann versucht er sich in dem Bild zurechtzufinden, um die gewonnenen Erfahrungen zu verstehen und einordnen zu können. Er gleicht Gesehenes mit Erinnerungen ab. Auf welchen Tatsachen das betrachtete Werk ruht, ist bis dahin nicht von Bedeutung, der kulturell schöpferische Akt ist im vollen Gange.

Gibt man dem Betrachter nun die vorhandenen Informationen über das Werk, also dessen Identität, wird seine Wahrnehmung in andere Bahnen gelenkt. Es entstehen weitere, präzisere, kulturell schöpferische Akte. Diese neue Reise durch seine Erinnerungen geht mehr in die Tiefe. Der Betrachter kann nun konkrete Erinnerungen aufrufen und in dem Werk verarbeiten. Je mehr spezielles Wissen in diesen Erinnerungen enthalten sind, desto intensiver ist seine Wahrnehmung.

Doch egal wie man die Flecken betrachtet, dass A und O bleibt die Fantasie ...

Die Welt ist vielfältig, abwechslungsreich, einfach wunderschön. Es gibt ca. 500.000 verschiedene Pflanzenarten, welche unzählige Farben und Formen hervorbringen. In dieser Welt gibt es sehr unterschiedliche Abläufe, ganz unauffällige, aber auch spektakuläre. All dies bietet eine Fülle an Informationen, welche der Mensch unaufhörlich und mit großem Eifer zu verstehen versucht. Das „Weltbild" von einem jeden von uns wird ständig durch Informationen verbessert. Wir verstehen immer mehr Details aus unserer Umwelt.
Die Flecken zeigen nicht diese exklusive menschliche Wahrnehmung unserer Natur, sondern symbolisiert die einfachere, bei Weitem nicht so komplexe nicht menschliche Wahrnehmung der Welt aller verbleibender Lebewesen.

Dadurch wird die oft auch überfordernde Rolle des Menschen auf Erden hervorgehoben, eine Rolle, die Fluch und Segen zugleich sein kann.

Die Grundlage der Bilder bildet ein System aus

Auswahlmöglichkeiten, welche sich an in der Natur vorkommenden Abläufe orientieren.
Pro Arbeit werden eine bestimmte Anzahl dieser Auswahlmöglichkeiten mithilfe des Zufalls ermittelt. Die Ergebnisse werden auf eine Schablone übertragen.

Ich war schon damals von den Bildern fasziniert und bin es noch heute. Dabei blieb mir ein Ereignis besonders in Erinnerung.
Es war an einem regnerischen Herbsttag, einer dieser Tage, an dem es nicht hell wird. Der Morgen grau, der Mittag ebenso und der Abend verabschiedet den Tag in Grau. Genau so war dieser Tag damals am Ende der Welt.
Vater hatte sich auf der roten alten Couch bequem gemacht. Eigentlich wollte er eine Zeitung lesen, die hatte er am Vortag bei Herrn Schulze gekauft, stattdessen aber ist er eingenickt.

Auf seiner Nase saß noch seine kleine, drahtige Lesebrille, welche er nur sehr selten auf hatte, da er etwas eitel war und auf seinem Bauch die aufgefaltete Tageszeitung, so als sei es eine Decke.
Ein Leichtes, nicht Unangenehmes, Schnarchen erfüllte den Raum. Ich saß in der anderen Ecke des Raumes auf dem Fußboden, auf einem kleinen runden Teppich und spielte mit einer Handvoll Zinnsoldaten, die ich an diesem Tag auf Expedition geschickt hatte. Mutter hatte am Esszimmertisch, der mitten im Raum stand, Platz genommen. Auf dem Tisch befand sich immer eine Tischdecke aus feinsten Spitzen und darauf genau in der Mitte eine Glasschüssel, in der im Sommer immer frisches Obst lag.
In der Zeit, an dem es kein frisches Obst gab, waren oft

gebackene Leckereien in derselben.

Meine Mutter konnte gut backen. Sie konnte gut und gerne zehn verschieden Sorten von Plätzchen backen und fast genauso viele Sorten Kuchen.

Da saß sie nun an jenem grauen Tag. Ich sehe sie noch vor mir, ihre Haare zu einem Nackenknoten gebunden und stets elegant gekleidet. Nicht extravagant oder unpraktisch, nein, ganz und gar nicht, aber immer elegant. Wenn es so etwas wie absolute Geborgenheit gibt, dann habe ich sie damals in diesem Raum erfahren.

Mutter hatte die weiße Tischdecke weggeräumt, die Schale auf den kleinen Couchtisch gestellt und den Tisch voll mit Bildern, die sie gemalt hat. Blätter über Blätter, dazwischen Keilrahmen, große und kleine und bemalte Holzbretter.

„Paul, kommst du mal bitte", hörte ich sie plötzlich leise sagen. Mir war im ersten Moment so, als hätte ich es mir nur eingebildet, dass sie was gesagt hätte.

„Paaul" wiederholte sie sich.

„Ja, ich komm ja schon", erwiderte ich und stand genervt auf. Ich setzte mich auf den Stuhl neben ihr und schaute ihr einen Augenblick zu, wie sie ihre Arbeiten zu sortieren schien.

„Siehst du Paul in diesen Bildern, stecken meine Gefühle, meine Gedanken und eines Tages werden es deine Bilder sein. Wenn du sie dir dann anschaust, bin ich immer bei dir. Dass du das weißt, ist mir wichtig".
Als sie das sagte, wurde ihre Stimme weicher und zarter, als sie jemals war. Ich spürte, wie wichtig ihr

dies war, und versuchte ihre das Gefühl zu geben, dass ich es verstanden hätte, wie sehr ihr daran lag.

„Ich werde sie in Ehren halten, das verspreche ich dir", beruhigte ich sie.

„Gut. Ich wollte dir aber noch ein ganz besonderes Bild zeigen, es ist gestern fertig geworden und gehört zu einer Serie, die ich entwickeln möchte. Darf ich es zeigen?", fragte sie und schaute mich dabei etwas unsicher an.

„Natürlich", schoss es aus mir, obwohl eigentlich die Truppe auf dem Teppich meine Hilfe brauchte.

Aber irgendwie wusste ich damals, dass es wichtig für meine Mutter war. Sie kramte in dem Berg aus Blättern, bis sie ein bestimmtes Blatt gefunden hat.

„Hier ist es ja", mit einem großen bunten Blatt wedelte sie freudig vor mir hin und her.

„Komm mal etwas näher", forderte sie mich auf.

Ich gehorchte und rückte mit meinem Stuhl dicht an ihren. Ich schaute ihr gespannt zu und fragte mich, welches Bild sie mir wohl zeigen wollte.

„Ahh, da ist es ja!", sagte sie freudig.

Sie räumte blitzschnell die anderen Bilder auf dem Tisch zum Rand hin und breitete die Arbeit, die sie mir zeigen wollte, aus. Mein erster Eindruck war

Orientierungslosigkeit. Ich sah ein buntes Bild mit verschwommenen Kreisen, die mich bei näherem Hinsehen an Lichter erinnerten. Lichter einer Stadt, einer großen Stadt am Abend. Ich sah plötzlich einen Marktplatz am Abend, irgendwo in Arabien, ja ein orientalischer Markt.

Ich kannte förmlich die Atmosphäre des Gesehenen spüren. Die unzähligen Marktstände, an denen Spezialitäten aus tausend und einer Nacht feilgeboten wurden. Die Gerüche der Speisen und Gewürze in meiner Nase und die Musik der spielenden Gaukler, die Ihre Zuschauer mit heiterem Gesang unterhalten wollten, in meinen Ohren. Genauso wie es Vater mir schon unzählige Male erzählt hatte, abends vorm Einschlafen, wenn er mir von den abgelegensten Orten der Welt erzählte.

Das bunte Treiben wurde durch die Frage meiner Mutter unterbrochen, „Na, was siehst du".

"Ich sehe ein buntes Treiben auf einem orientalischen Markt", antwortete ich aufgeregt.

„Das ist ja interessant! Einen Markt, so einen von dem Vater immer erzählt?", fragend schaute sie mich an.

„Ja, Ja, genau so einen. Siehst du das auch?", erwiderte ich sichtlich begeistert.

„Mmmh, was würdest du sagen, wenn es sich nicht um einen Markt in einer orientalischen Stadt handelt, sondern um eine Wiese mit Beifuß und Sonnenhut im

Sommer. Wenn es die Wiese unten am Bach wäre, dort, wo die schönen Pflanzen letztes Jahr gewachsen waren. Erinnerst Du dich?", stellte Sie klar.

Ich schaute mir das Bild noch mal an und nach einer gewissen Zeit erkannte ich tatsächlich die mir bekannte Wiese immer mehr. Ich war begeistert. Wie konnte es sein, dass ich erst ein paar bunte Flecken sah, dann ich buntes Markttreiben und schließlich die schöne Wiese, auf der ich letzten Sommer mit Mutter saß, mich überkam Glück.
Ich sah Mutter an und fragte verwundert „Wie kann es sein, dass ich Sachen erkenne, die nicht zu sehen sind und doch sehe ich sie?".

Mutter lächelte und erklärte mir „Nun Paul, genau dies war meine Absicht. Ich wollte dir beweisen, dass du sehen kannst, was wirklich nur du sehen kannst. Nicht dass, was andere dir vorgeben.

Im ersten Augenblick erkennt man bunte Flecken. Unbekanntes. Es wird einem kein Wertung vorgegeben, dann muss der Betrachter aus seiner Erfahrung werten. Das ist, was die Menschen verlernt haben, sie wollen nichts Unbekanntes, sie wollen Vorgaben.

Du hast erst Neues gesehen, danach, was du sehen wolltest, was in dir ist, nicht was andere dich sehen lassen wollen. Erst als ich dir sagte, was du sehen solltest, sahst du das, was ich vorgab und deine eigene Wahrnehmung und deine ersten Erinnerungen wurde verdrängt."
Ich war begeistert. Mutter erteilte mir an jenem

Nachmittag eine Lektion, welche ich in meinem ganzen Leben nicht vergessen werde. Ich blieb noch eine Weile neben Mutter sitzen, solange bis Vater mit einem lauten Schnarchen
wach wurde und völlig hektisch seinen Oberkörper in die Senkrechte hob und schlaftrunken fragte „Ich komm ja schon".
Mutter und ich lachten lauthals los und Vater verstand nichts.

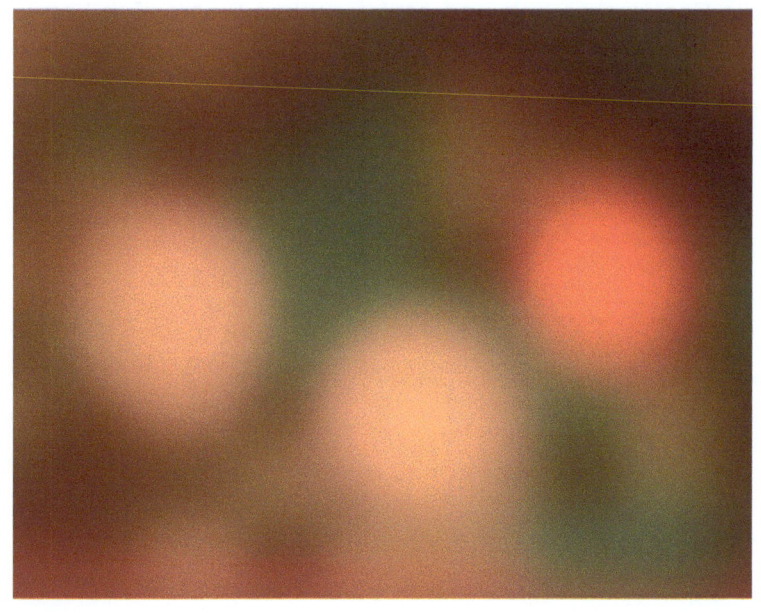

Beifuß und Sonnenhut im Sommer

Kapitel 6
Das Versteck

„So, mein Herr, ich würde vorschlagen, wir beschäftigen uns heute Nachmittag noch ein wenig mit Algebra", sprach Lehrer Schneider zu Harald.

Beide saßen in der Bibliothek im Gutshaus an einem großen Eichentisch. An den Wänden, Bücherschränke bis an die mit Holz getäfelten Decke. Hunderte, eher Tausende Bücher standen dort Band neben Band und mein Freund Harald mittendrin in den Fängen seines Hauslehrers.
Ich beobachtete die Szene von der Terrasse aus, zu der man von der Bibliothek durch eine große Glastür gelang. Ich versteckte mich dort hinter einem sehr großen Pflanzenkübel, welcher bunt bepflanzt war.
Mit einem ständig wiederholenden „Pssst, psssst", wollte ich mich bei Harald bemerkbar machen.
Als er mich endlich wahrgenommen hatte, wurde er sichtlich nervös. Zu verlockend die Aussicht, draußen bei schönstem Wetter mit einem Freund umherzuziehen und wilde Abenteuer zu erleben.
Mit einem kräftigen Hustenanfall machte er bei Lehrer Schneider auf sich aufmerksam.
„Ja was haben sie denn? Herr Harald, geht es ihnen gut?", fragte der sichtlich in Panik geratene Pauker, während er schnell hintereinander auf Haralds Rücken klopfte.
Die tollsten Geräusche kamen aus Harald Hals, Respekt! Es war schon eine Leistung, so echt zu ersticken. Doch je länger er Hustenanfall anhielt, um so mehr Sorgen machte ich mir und fragte mich, ob es wirklich nur gespielt war?

Doch plötzlich beruhigte er sich etwas, auch Herr Schneider wurde wieder ruhiger. Erschöpft ließ sich der Lehrer auf seinen Stuhl sacken und zog ein Taschentuch aus der Hose, mit dem er sich zu seinem nach hinten gelegten Kopf Luft zu wedelte. Es sah aus, als ob er den Anfall gehabt hätte. Harald hingegen konnte sein schelmisches Grinsen nicht verbergen und schaute zufrieden zu dem immer noch geschockten Pauker. Als auch dieser sich wieder zu erholen schien, legte mein Freund sein wehleidigstes Gesicht auf.

„Dürfte ich mich etwas im Park erholen, lieber Herr Schneider?", stammelte er unverständlich. Und unterstützte seine Bitte noch mit einem weiteren Husten.

„Aber, aber lieber Herr Harald, selbstverständlich! Ich schlage vor, wir setzten unsere Studien morgen früh fort. Gehen Sie mein Guter, erholen Sie sich etwas", erwiderte der Lehrer immer noch etwas angespannt.

Schon etwas zu hastig packte Harald seine Schulsachen in die Tasche und legte diese dann vollgepackt auf einen ledernen Ohrensessel, der auch im Saale stand und verließ den Raum durch die Terrassentür. Kaum war er die große, breite Gartentreppe hinunter gelaufen, folgte ich ihm wie ein Blitz. Herr Schneider lag währenddessen wieder auf seinem Stuhl mit dem Kopf nach hinten und alle Vieren von sich streckend.

Im Park, schon beinahe am Ende von diesem, holte ich Harald ein.

„Mensch, mach doch mal langsam, du bist eben gerade erst dem Tod von der Schippe gesprungen und jetzt läufst du, wie wenn der Teufel hinter dir her wäre", hechelte ich zu Harald, der genauso wie ich nach Luft schnappte.

„Ist er ja auch der Algebrateufel", spottete Harald. Beide mussten wir anfangen zu lachen.

Um nicht weiter aufzufallen, kletterten wir an einer durch Hecken geschützte Stelle, über die Sandsteinmauer und suchten das Weite.

„Sollen wir zur Ruine?", fragte ich.

„Ja, los wer als Erster dort ist", antwortete er und fing schon wieder an zu laufen.

„Du spinnst doch", schrie ich hinterher und nahm die Verfolgung auf.

Harald war sehr sportlich, er konnte weite Strecken laufen, ohne Pause. Er machte dann zwar beim Atmen Geräusche wie eine alte Dampflok, aber er hielt immer durch.
So auch an diesem Nachmittag, er lief und lief, ich kam kaum hinterher, obwohl ich auch nicht unsportlich war. Als wir an der Ruine angekommen waren, ließen wir uns auf den Moosteppich fallen und schauten erschöpft, aber glücklich zum blauen Himmel.

„Du wirst aber auch immer langsamer!", alberte er und schlug mir dabei mit seiner Hand auf den Oberschenkel.

„Aua", erwiderte ich ganz erst gemeint seinen Angriff.

Wir lagen bestimmt eine Stunde in der Sonne und ruhten uns aus. Immer wieder machte einer von uns eine lustige Bemerkung oder einen Witz und die Ruhe wurde durch unser lautes Lachen immer wieder gebrochen.

„Soll ich dir was zeigen?", sprach Harald plötzlich mit ernster Stimme und blickte dabei zu mir.
In diesem Moment merkte ich, dass Harald mir etwas Wichtiges zeigen wollte. Ich drehte meinen Kopf zu ihm und nickte, ohne etwas zu sagen. Ich war sehr gespannt, was es wohl war, denn ich wusste, wann ihm etwas wichtig war, und dies schien ihm sehr wichtig.

„Na, dann komm mal mit", sagte er und sprang auf.

Auch ich stand auf und musste mich erst mal strecken.

„Wohin willst du?", fragte ich ihn.

Doch er gab mir keine Antwort und ging zu dem Dickicht hinter der Ruine. Ich folgte ihm etwas ungläubig, da ich zu glauben wusste, dass es dort nichts zu entdecken gab.
Doch er belehrte mich eines Besseren. Als er an den Hecken ankam, verschwand er plötzlich hinter einen etwas vorstehenden Brombeerhecke.

„Harald, wo bist du denn?", rief ich erstaunt.

„Komm doch einfach mit und frag nicht so viel",

antwortete er, ohne das ich ihn sah, aber am Wackeln der Äste konnte ich abschätzen, wo er ist.

Also folgte ich ihm durch die Hecken, was leichter aussah, als wie es wirklich war. Es führte ein schmaler, nicht sehr hoher Tunnel, ähnlich einem Labyrinth durch das Gestrüpp. An manchen Stellen so niedrig und schmal, dass man kaum durchpasste.
Ich fragte mich, wo dieser Weg wohl hinführen würde? Alleine schlug ich mich durch und ratzte mich dabei unzählige Male an Stacheln.

Ich hatte die Orientierung völlig verloren, aber da es nur zwei Richtungen gab, hatte ich keine Angst, dass ich mich verlaufen könnte und ging weiter.

Nach einer gefühlten Ewigkeit sah ich das Ende des Dickichts vor mir. Der Weg endete auf einer Lichtung, die rundherum völlig zugewachsen war und selbst der Himmel war teilweise zugewachsen, da die riesigen Kronen von Eichenbäumen, die rundherum hinter den Hecken standen, weit über die Hecken herausragten. Inmitten diesem scheinbar unberührten Flecken befand sich ein kleiner See, dessen Wasseroberfläche flach wie ein Spiegel vor mir lag und leicht dunstig wirkte. Inmitten des Sees befand sich eine Insel, vielleicht dreimal so groß wie unsere Wohnstube zu Hause. Voll bewachsen mit Hecken, Sträucher und ein paar Birken. Ein wunderschöner Anblick, ich war begeistert, so begeistert, dass ich die Anwesenheit von Harald ganz vergaß.

„Na hab ich dir zu viel versprochen?", flüsterte er mir ins Ohr.

„Nein, hast du nicht", antwortete ich meinen Blick immer noch auf dem See.

„Und das ist noch nicht alles, glaub mir", machte er mich noch neugieriger.

Schon war er wieder unterwegs, diesmal zum Rand des Sees. Dort verschwand er an der Böschung, die hoch bewachsen war. Rasch folgte ich ihm und konnte meinen Augen nicht trauen.

Da saß mein Freund in einem Ruderboot, welches ganz mit Geäst und Gestrüpp getarnt war.

„Ich bitte einzusteigen, wir legen gleich ab", mimte er einen alten Dampferkapitän nach. Dabei blies er seine Backen auf und drückte sein Kinn gegen seinen Hals, als hätte er ein riesiges Doppelkinn.

Ich musste lachen. Dann stieg ich die kleine Böschung ganz hinunter und kletterte zu ihm ins Boot.
Harald nahm die beiden Paddel und drückte uns mit einem von ihnen vom Ufer ab. Dann fing er an zu rudern, ganz elegant, fast zärtlich zog er die Paddel durchs Wasser, dabei entstand das unverwechselbare Geräusch von „gestreicheltem" Wasser, so wie es nur beim Rudern entstehen kann.
Wir waren schnell am Ufer der Insel, es waren keine zwanzig Züge, schon stießen wir an die Böschung der Insel. Harald lenkte das Boot in einen größeren Flecken von Schilfrohr, schon war das Boot wieder unsichtbar und wir konnten ohne gesehen zu werden, auf die Insel. Damals wusste ich noch nicht, dass dies einmal sehr wichtig werden sollte.

Als wir auf der Insel standen, war dass ein einzigartiges Gefühl. War ich doch noch im selben Wald wie eben ist dieser Ort trotzdem ganz woanders.
Das faszinierte mich. Es war so, als ob es ein eigenes Land wäre, war es ja auch irgendwie.

„Bist du bereit für mein Geheimnis?", fragte Harald mich.

Ich dachte mir, wie viele Geheimnisse hat er denn noch. Ohne weiter nachzudenken, schoss ein „Ja" aus mir.

„Na, dann komm mal mit", fügte er an und bahnte sich ein Weg durch das Gebüsch vor ihm, welches bis zu seiner Brust reichte.

Gespannt und neugierig folgte ich meinem Freund. Nach ein paar Meter stoppte er plötzlich und streckte seine Hand gegen mich, sodass ich direkt stehen blieb.

„Was ist denn?", flüsterte ich ihm zu.

Der antwortete „Wir sind da".

Wo waren wir? Ich sah nicht mehr als die ganze Zeit. In diesem Moment war ich etwas verunsichert, ich fragte mich, was Harald mir zeigen wollte. Plötzlich bückte er sich und hob ein bewachsenes Brett, etwa halb so breit und lang wie meine Schulbank hoch und stellte es hochkant gegen einen Baumstumpf daneben. Darunter ein Tunnel, welcher schräg in Boden verlief. Der Tunnel war nicht groß, im Durchmesser gerade ausreichend, dass ein schlanker Erwachsener auf allen Vieren durch krabbeln konnte.

„Wohin führt der?", fragte ich aufgeregt.

„Krabbel durch, dann siehst du es", bekam ich zur Antwort.

Ich ging auf die Knie und kroch an den Beinen von Harald vorbei und verschwand schließlich in dem Loch. Kaum drinnen merkte ich, dass er nicht besonders lang war, zwei, drei Meter nicht mehr. Als mein Körper den Tunnel fast ausfüllte und kein Licht mehr hineinscheinen konnte, wurde es für einen Augenblick dunkel, bis sich meine Augen etwas an die Dunkelheit gewöhnt hatten. Je weiter ich hineinkroch, je mehr erkannte ich, dass der Gang in einen Raum mündet.

Endlich dort angekommen, sah ich, dass unterhalb der Decke, die aus Baumstämmen bestand, zwischen Erdwand und Stämmen ein ungefähr 10 cm breiter Spalt an der ganzen Vorderseite entlang verlief. Dadurch war es in dem drei auf drei Meter großen Loch ein wenig hell und man konnte sich gut darin zurechtfinden. Der ganze Raum war in den Boden gegraben, aus den Wänden drangen Wurzeln und man konnte gut verschiedene Erdschichten ausmachen. Auch die Höhe war mehr als ausreichend. Ich denke, ein normal gewachsener Mann hätte gut drin stehen können.
In einer Ecke war ein länglicher Holzkasten, welcher selbst zusammengezimmert aussah, auf dem lagen eine Menge Decken und er glich einem Schlafplatz, daneben ein Stück Baumstamm als Tisch umfunktioniert. In den Wänden waren im gleichen Abstand kleine Nischen gegraben worden, darin teilweise tief abgebrannte Kerzen, bei einigen ist das Wachs die Wand

heruntergelaufen. Über den kleinen Nischen war die Erde Schwarz verrußt.

„Was ist das?", fragte ich verblüfft Harald, der inzwischen neben mir stand.

„Da ist meine Festung, die Insel ist mein Land und das ist mein Versteck", erwiderte er mit stolz geschwellter Brust.

Ich war begeistert, ich hätte mir nie träumen lassen, dass hinter den Hecken an der Ruine ein See ist, und noch weniger hätte ich gedacht, dass auf dem See ein Versteck ist.
An jenem Nachmittag blieben wir noch lange auf der Insel. Wir spielten Ritter, Piraten, Räuber und Soldaten alles gemischt. Dabei krochen wir unentwegt in das Loch und wieder raus, wir kletterten auf die wenigen Bäume und wieder runter. Wir kämpften, rauften und lachten, bis wir erschöpft auf ein kleines Stück Wiese am Rand der Insel plumpsten und in den Himmel schauten.

„Aber woher ist das alles, das hast du doch nicht selbst gebaut, oder?", fragte ich.

„Nein, das war mein Vater. Er ist schon als Kind mit Opa zur Jagd gegangen und dass lieber als ich. Als er dann später mit seinem besten Freund, der hat übrigens auf eurem Hof gelebt, zur Entenjagd ging, haben sie sich diesen Unterschlupf gebaut. Darum ist auch der Spalt, man konnte dort gut die Tiere auf dem See und am Ufer beobachten", erklärte mir Harald.

Nach kurzem Zögern, fuhr er fort „Ich war auch ein paarmal mit Vater hier. Kurz bevor er zu „denen" gegangen ist, zeigte er mir den Weg durch die Hecken, der war ganz schön zugewachsen und schließlich auch sein Jagdversteck. Er sagte mir, dass er das nur geschafft hat, weil sein Freund Friedrich Simon ihm geholfen hat und darum sei es auch Friedrichs Versteck, auch wenn er nicht mehr da sei".

Ich ließ mir nichts anmerken, aber ich musste schlucken. Schon wieder wurde der Name Simon erwähnt, ich musste mehr wissen und fragte.

„Woher kannten sich die zwei?", dabei gab ich mich nur mäßig interessiert, damit nicht auffiel, dass ich mich fürchtete.

„Ich weiß nur, dass Friedrich meinem Vater einmal das Leben gerettet hatte. Dies war als beide für „die", die vor „denen" jetzt da waren, in die Schlacht zogen und Friedrich erkannte, dass es sinnlos war zu kämpfen und darum vom Felde ging. Er sah keinen Grund, dort zu bleiben und wollte einfach gehen. Vater sah noch einen Sinn und machte weiter. Plötzlich flog eine Granate in den Graben und Friedrich fand doch noch einen Grund, dortzubleiben, er schmiss sich auf meinen Vater, der die Granate nicht sah und hielt so die Wucht der Explosion von ihm fern.
Friedrich wurde halbwegs von seinem riesigen Rucksack, den er auf dem Rücken hatte, geschützt. Er kam danach mit Kopfverletzungen nach Hause, welches damals noch woanders war. Vater versprach ihm als Dank, ihn und seine Familie zu sich zu holen und ihm einen Hof zu überlassen. Seit jenem Moment wollte

Friedrich von „denen" und auch von „denen", die folgten nichts mehr wissen. Nie wieder wollte er gegen andere Menschen kämpfen müssen und erst recht nicht wegen des Willen von anderen", während Harald mir die Geschichte erzählte, sah ich, dass er feuchte Augen bekommen hatte und beschloss, nicht weiter zu fragen.

An diesem besagten Nachmittag, an dem wir so viel gelacht und erlebt hatten, blieb mir am Ende nur eine Erkenntnis.

Jeder Mensch hinterlässt auf Erden Spuren. Doch die, die ein Mensch im Herzen eines anderen hinterlässt, sind die einzig wichtigen.

Ich spürte, dass Harald seinen Vater vermisste. Ich spürte, dass er lieber mit ihm dort gelegen wäre.
Doch der Wille von anderen duldete dies nicht. Woher kam diese Macht, die mächtiger als Liebe war?

Als die Sonne am untergehen war, machten wir uns auf den Heimweg. Wir waren beide etwas betrübt und bei Weitem nicht mehr so ausgelassen wie noch kurz vorher beim Spielen.
Ich weiß nicht, ob es an der Müdigkeit oder am Hunger lag, vielleicht lag es auch einfach an den Erinnerungen, die ich geweckt hatte.

Als wir am Pfad waren, den ich nehmen musste, drehte ich mich zu Harald um und umarmte ihn. Ich wusste, dass ich das machen musste, denn er war mein Freund.

Ohne ein Wort trennten sich an diesem Tag unsere Wege. Ich ging meinen und Harald seinen Weg. Ich verlor ihn schnell aus den Augen, da meine Sicht durch den hohen Weizen gestört wurde. Plötzlich hörte ich aus heiterem Himmel ein

„Danke", geschrien von meinem Freund Harald.

Zu Hause angekommen, fragte mich mein Vater, der in der Küche saß,
„Na, wie war es im Wald, hast du was entdeckt?".

„Ich, nein, was soll ich den entdecken", entgegnete ich ihm energisch aus dem Flur.

„Entschuldige, dass ich frage", wandte er sich beleidigt ab.

„Wo kommst du denn jetzt erst her, junger Mann", donnerte es aus der Stube von Mutter.

„Kommt nicht wieder vor, tut mir leid", antwortete ich und lief die Treppe hoch in mein Zimmer, um der Gefahr aus dem Weg zu gehen.

In meinem Zimmer legte ich mich auf mein Bett und dachte über das Erlebte nach. Mir schossen unzählige Fragen durch den Kopf, die ich mir nicht beantworten konnte. Doch die brennendste Frage war, was hat es mit den Simons auf sich?

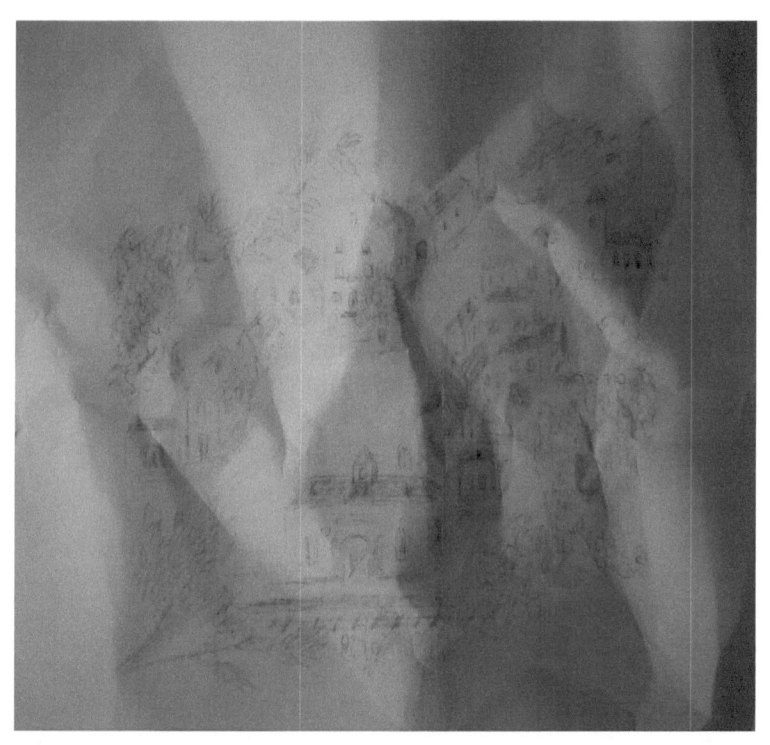

Unser Dorf

Kapitel 7
Peter

Peter war mein zweitbester Freund, nein, eigentlich war er auch mein bester Freund, ich kannte ihn aus der Schule. Wir verstanden uns von Anfang an und kämpften uns gemeinsam durch die Schulzeit. Er war genauso wenig vom Unterricht begeistert wie ich, und so vertrieben wir uns die Stunden, so gut es ging, mit anderen Beschäftigungen. Da wir hinten saßen, war dies gut möglich.

Auch die Nachmittage verbrachten wir ab und zu gemeinsam. Peter musste zu Hause nicht viel helfen, im Gegensatz zu mir, dennoch war er am liebsten in der Wirtschaft, denn dort bekam er öfters leckere Sachen aus der Küche, wo immer mal was übrig blieb und das liebte er. Er war ein großer, kräftiger Junge mit einer lieben, warmen Art, doch er war auch leicht zu beeinflussen und wenn man ihn ärgerte, konnte er sehr stur und böse werden.

Zweimal die Woche war er bei seinem Onkel in der Wurstküche und half dort aus. Er liebte es, Würste zu machen und das konnte er auch wirklich gut, ich habe ihm oft dabei zugeschaut und durfte immer nach getaner Arbeit davon probieren. Peter hatte noch eine Schwester, Anna, sie war ein paar Jahre älter und half ihren Eltern in der Wirtschaft und in der Küche. Die beiden verstanden sich gut, auch das Verhältnis zu Ihren Eltern war, soweit ich mich erinnere, nicht schlecht. Peters Vater war streng, aber das waren zu jener Zeit viele Väter.

Wenn wir uns doch draußen rumtrieben, dann hatte mein Freund stets Proviant dabei, meistens ein paar Würste oder ein Stück Schinken und ich erinnere mich

112

nur zu gerne, wie wir im Sommer auf dem Feld ein Stück von dem hohen Weizen niedergetrampelt haben und dort in aller Seelenruhe das Mitgebrachte verputzt haben. Solche Momente vergisst man nicht.
Peter war der ruhigste von uns dreien, wenn Harald und ich stritten, dann wollte Peter schlichten und uns beruhigen, bis wieder Friede herrschte.

Ein Tag blieb mir ganz besonders in Erinnerung, es war vielleicht ein, zwei Wochen nachdem die Schulzes das Dorf verließen. Das Dorf und seine Bewohner waren seit diesem Vorfall nicht mehr so wie vorher. Es ist schwer zu erklären, jeder war so, wie er immer war und doch anders. Irgendwie vorsichtiger, in sich gekehrter, es fehlte das Vertrauen ins Vertraute. Wir Kinder spürten dies besonders in der Schule. Unser Lehrer, der ja auch der Dorfgeistliche war, verlor kein Wort über Maria und Karl, die Kinder der Familie Schulze und auf Fragen gab es keine Antworten. Es war, als seien sie nie da gewesen, ihre gemalten Bilder an den Klassenwänden waren verschwunden, genauso wie Ihre Namen an den Kleiderhaken. Doch sie waren hier, waren real, waren unsere Freunde und unsere Erinnerungen konnten sie nicht verschwinden lassen. Unser Lehrer, der sowieso nichts für uns übrig hatte, wurde in dieser Zeit noch gemeiner und hinterhältiger als zuvor, aber nicht bei allen. Man merkte, dass er Unterschiede machte. Besonders Peter war ihm scheinbar ans Herz gewachsen, denn ab diesen Tagen war er stets einer der Besten und dies ohne etwas dafür getan zu haben und andere, die gut und stets brav waren, bekamen plötzlich Ärger.

Damals konnten wir uns darauf keinen Reim machen, heute weiß ich, dass der Pfarrer seine Eingebungen nicht am Altar bekam, sondern am Stammtisch im Wirtshaus, von seinem neuen Hirten, dem Wirt.

Die Schatten mussten gar nicht viel dazu beitragen, ihre Saat war gelegt und aufgegangen war sie von selbst.

Peter durfte erleben, dass er in der Schule doch noch gut wurde, und das gefiel ihm schon, das merkte man. Aber er litt unter der neuen Position seines Vaters mehr, als das sie ihm nutzte. Man merkte, dass er von den anderen Kindern gemieden wurde, außer von denen, deren Väter auch für Ordnung sorgten.
Mir war es egal, wer er plötzlich war oder auch nicht. Er war mein Freund Peter sonst nichts.
Als wir an einem regnerischen Tag, es war kurz nach zwölf, aus dem Klassenraum kamen und im Flur unsere Jacken unter den anderen suchten, fragte er mich, „sollen wir noch zur Ruine laufen?".
Ich war ganz erstaunt, da ihm der Weg eigentlich zu weit war und musste daher kurz überlegen und antwortete etwas zögerlich," äh, ja, Ah gerne!".
Peter fing etwas an zu lächeln. Waren wir eben noch die Einzigen im Flur, wibbelte und wabbelte es kurz später um uns, unter uns und auch über uns, denn alle anderen Kinder waren auch mit ihrer Arbeit fertig geworden und eilten zum Ausgang. Aus dem Klassenraum hörte man die Stimme unseres Lehrers, der zu mehr Ruhe und Ordnung mahnte, dies aber ohne Erfolg.
Wir verließen das alte Schulgebäude und gingen über den kleinen Platz vor der Kirche. Dabei wurden wir von

den Kleinsten aus unserer Klasse überholt, da diese es noch eiliger hatten als wir. Wir gingen zur Hauptstraße an Peters Wirtschaft vorbei in Richtung Bahnhof, den unser Dorf nur hatte, weil wir zwischen zwei Städten lagen. Als wir aus dem Dorf waren, bogen wir an den großen Bäumen auf die Wiesen ab. Peter blieb mitten auf der Größten der Wiesen stehen und schaute zum Himmel. Dabei griffen seine Hände zu den langen Grashalmen um ihn und zerknüllten diese. So groß und kräftig dieser Kerl auch war, so zart und zerbrechlich sehe ich ihn noch heute vor mir. In den Himmel schauend, als suche er dort Antworten.

„Peter komm, wir müssen weiter", rief ich ihm zu, denn ich war schon ein gutes Stück voraus.

Ich sah, dass er etwas zusammenzuckte und „Ja, ja ich komm schon", antwortete.

Ich weiß nicht, was ihn damals dazu bewogen hat, gerade dort stehen zu bleiben, doch ich bin mir sicher, dass ihm in jenem Moment etwas klar geworden war. Etwas, was ihn schon lange beschäftigt haben musste, er aber sich nicht getraut hatte, selbst darüber nachzudenken.

Doch wir müssen denken, wir müssen selbst denken, nicht die Gedanken anderer noch mal denken. Denn dann bleiben wir nur in den Köpfen derer.Wir gingen schließlich durch die Wälder, bis wir an der Ruine ankamen.

„Puh, bin ich geschafft", stöhnte Peter, als er sich mit scheinbar letzter Kraft den kleinen Hang vor dem

Plateau hinaufschaffte.

Oben angekommen ließen wir uns erst mal auf die Wiese fallen und erholten uns etwas. Peter hatte ja seinen Rucksack dabei, der erinnerte an einen Militärrucksack und war auch schon etwas abgewetzt. Doch wenn er eine Tasche oder Ähnliches dabei hatte, bedeutete dies, dass es etwas Feines geben würde, auch wenn es die Schultasche war und so kam es auch. Ich hatte den Gedanken noch nicht fertig gedacht, packte er auch schon ein großes Stück Schinken und ein paar Scheiben Brot aus seiner Tasche und mir lief das Wasser im Munde zusammen.
„So, jetzt stärken wir uns erst mal", frohlockte Peter und lächelte zufrieden dabei.

Ich saß neben ihm und lächelte mit. Kaum gesagt hatte ich auch schon ein dicke Scheibe Schinken in der Hand, während Peter noch mit dem Messer an der seinen schnippelte.

„Das muss jetzt sein, sonst verhungere ich", stöhnt es leise aus ihm.

„Du Peter, wie geht es dir, du bist in letzter Zeit so ruhig?", fragte ich ihn vorsichtig.

„Nö, mir geht`s gut", antwortete er mit vollen Backen.

Ich beließ es dabei und wir saßen noch eine Zeit nebeneinander auf der Wiese, aßen unsere Sachen und alberten etwas herum, dann kletterten wir auf den alten Mauern, fochten mit langen Ästen, die in der Gegend lagen und bewarfen uns mit Tannenzapfen. So verging der Nachmittag sehr schnell und ich dachte schon an den Anschiss meiner Eltern zu Hause, als Peter sich noch einmal auf die Wiese vor den alten Mauerresten setzte und grübelte.

„Was ist los, mein Freund", mit dieser Frage ließ ich mich neben ihm nieder.

„Ach, irgendwas stimmt nicht. Ich weiß auch nicht, aber irgendwas stimmt ganz und gar nicht", murmelte er und spielte mit seinen Fingern am Moos zwischen den Grasbüscheln.

„Was meinst du?", fragte ich neugierig.

„Na, die Schulzes. Ich mochte die ganz gerne. Ich weiß auch nicht, warum, aber irgendwie mochte ich sie, aber das passt nicht zu dem, was ich weiß. Vater sagte mir, dass es gut so ist, dass es von „denen" so gewollt ist und die schon wissen, was richtig ist", antwortete Peter.

„Aber wer sind denn die und was wollen sie? Erst Haralds Vater, dann die Simons, dann dein Vater und jetzt die Schulzes. Mir kommt es vor als wollten die einen Teil der Dorfbewohner für sich und die Restlichen werden vertrieben, aber was haben sie davon?", fragte ich nachdenklich.

„Die sagen uns, wer gut ist und wer nicht. Vater sorgt dann dafür, dass ihre Entscheidungen durchgesetzt werden. Dabei braucht er sich keine eigene Meinung zu bilden, sondern nur zu gehorchen. Wenn er und die anderen das ordnungsgemäß machen, würde es uns für immer gut gehen und Macht zu haben sei außerdem

auch herrlich, meinte Vater. Ich sollte mir keine Sorgen machen und einfach tun, was verlangt wird, das wäre der beste Weg", sprach Peter und ergänzte,
„Aber Vater verändert sich. Am Anfang war er wie immer, doch mit der Zeit hat er an immer mehr Menschen was auszusetzen und außerdem hat er letzte Woche unseren Hund halb totgeschlagen, nur weil der nicht hören wollte. Mutter nahm ihn in Schutz und meinte, das wäre nur, weil er jetzt so große Verantwortung hätte und damit noch etwas überfordert wäre. Aber ich glaube mittlerweile, daran sind die „anderen" schuld, seit er auf die hört, ist er gemein geworden."

Ich sah, wie Peter sich ein Auge rieb, als wolle er eine Träne wegwischen, bevor ich sie sehen konnte. Ich blieb stumm, was sollte ich auch jetzt sagen?

Wer sind die, die so viel Macht haben. Was sagen sie nur, dass es Menschen gibt, die es wie ein Gebot verstehen. Wie schaffen sie es, in den kleinsten Winkel des Landes zu gelangen, ohne selbst da zu sein. Das waren die Fragen, die ich mir an diesem Tag stellte.

„Weißt du, die Schulzes, mochte ich, aber Vater respektiere ich und darum ist es gut, wie es ist", schoss es plötzlich mit kräftiger Stimme aus Peter, dass ich etwas zusammenzuckte.

Heute weiß ich, dass genau in dieser Sekunde der vergiftete revolutionäre Gedanke von den Schatten, sich mit den kulturellen Gedanken von Peter vereinten und dadurch meinen Freund verschlangen.

Adian

Am Abend des 10. Dezember im Jahre 1897, saß Adrian
am Kamin im Hause Mac Alpine in Genthiners und
lauschte den Worten eines Gastes.

Den Weg zur Erkenntnis wollte ich beschreiten,
unwissend, unerfahren, frei im Geiste.
Viele Götter kreuzten meinen Pfad,
welche die Richtung zu wissen glaubten.
Doch erkannten Sie nur Ihr Antlitz und seinen
vermeintlichen Schein,
ließen neben sich nur zu, was sie zu beherrschen
glaubten.

Ich kam, sah und ging wieder,
wollte nie mit ihnen gehen.
Ich kam, sah und wunderte mich über die vielen
kleinen Geister.
Ich kam, sah und fasste den Entschluss,
wiederzukehren, bunter denn je.

Alte Götter wissen viel, vom Alten und Verstaubten.
Doch die Zukunft liegt ihnen ferner denn je, zu groß die
Angst sie nicht zu verstehen.

Alte Lehren tun gut,
wenn sie nicht erdrücken, das kleine Licht der
Hoffnung.
Die Hoffnung, Neues zu erleben,
vielleicht nicht perfekt, vielleicht nicht nach Form.
Aber immer für sich alleine, ein klein wenig wundersam.

Wer viel weiß und doch nichts wagt,

schaut zu oft zurück, zu den Erkenntnissen der Mutigen.
Wissen entsteht durch Suchen,
gefeiert wird nur der Finder, verleugnet werden die, die suchen.

Den Weg zur Erkenntnis wollte ich beschreiten,
immer wieder auf das Neue.
Bis ich finde, was ich nicht suche,
bis ich finde einen Weg durch meine Sehnsucht.
Denn erst hinter dem Ersehnten,
findet sich, was sich lohnt zu suchen.

In jener Nacht schwor Adian sich immer treu zu bleiben.

Kapitel 8
Kindesland

Es war ein recht schöner Tag im Frühjahr. Es war im folgenden Jahr, nachdem mir Harald von seiner geheimen Insel erzählt hat. Zu der sind wir in den letzten Monaten immer wieder gegangen. Egal ob gutes oder schlechtes Wetter war, ja sogar im Winter, bei Schnee und Eis waren wir oft dort. Alleine schon, um auf dem zugefrorenen See zu spielen. Wir waren immer alleine dort, da ich Harald versprochen hatte, niemanden etwas davon zu sagen. Auch nicht Peter und dass obwohl die beiden sich auch gut gekannt haben, wir spielten ja oft zu dritt.
Die Sache mit der Insel war etwas Besonderes für Harald, und da sie ihn an seinen Vater erinnerte, der immer noch bei denen war und für die sein Leben

riskierte, respektierte ich seinen Wunsch. Sein Vater war im letzten Winter kurz zu Hause. Er durfte für ein paar Tage zu seiner Familie, um dann wieder nur für die Schatten da zu sein. Harald erzählte, dass sein Vater sehr traurig war und nicht mehr so recht an die Worte der Schatten glaubte. Doch er sah keinen Weg, sich von ihnen zu befreien, drum blieb er.

Der alte Freiherr bat seinen Sohn nicht aufzugeben, sondern weiter „denen" zu dienen. Zu viel stand auf dem Spiel, denn ohne das Wohlwollen der Schatten würden sie alles verlieren. Harald wusste, wie sein Großvater und Vater dachten, er wusste von ihren Ängsten alles zu verlieren, und darum teilte er ihre Meinung, obwohl er am liebsten seinen Vater an der Hand genommen hätte und mit ihm auf ihre Insel gegangen wäre. Weit weg von den Schatten und ihren Helfern.

Heute verstehe ich es besser, meine beiden Freunde waren Gefangene der Schatten. Jeder auf seine Art und Weise. Sie waren nicht physisch, sondern psychisch von „denen" gefangen worden.

Harald ließ seine eigenen Gedanken nicht zu, weil sein Vater traurig war und Peter, weil sein Vater glücklich war.

Doch egal aus welchem Grund sie sich selbst verleugneten, einen hohen Preis mussten beide zahlen.

An diesem Tag im Frühjahr verbrachten wir auch unsere Zeit miteinander, doch war uns der Weg zum See zu weit und wir beschlossen schon am Vortag an den Bach hinter dem Gutshaus zu gehen, um dort einen Staudamm zu bauen. Als ich am Tor des Gutes ankam, sah ich Harald kniend vorm Haus, spielend mit der

Hofkatze, die vor ihm auf dem Boden lag und mit einer Pfote sanft an seine Hand schlug. Ich sah und hörte, wie Harald lachte und auch der Katze schien es zu gefallen. Als ich etwas näher kam, entdeckte er mich und sprang auf. Dabei erschrak die Katze so sehr, dass auch sie aufsprang und weglief.

„Da bist du ja, ich warte schon", rief mir Harald lächelnd zu. Dabei hob er seine Hand und winkte mir zu.

Ich erwiderte den Gruß und ging zu ihm.

„Komm, wir gehen durch den Park", sagte er, drehte sich um und ging Richtung Garten.

„Ja machen wir", antwortete ich und folgte.

Wir gingen neben dem Herrenhaus vorbei über einen schmalen Kiesweg, der auf eine große Kiesfläche hinterm Haus führte. Die Fläche war mit kurz geschnittenem Gras umrandet und an den Ecken standen bepflanzte Kübel.
Die Rasenflächen waren von Hecken umgeben, welche auch immer wieder vereinzelt auf dem Rasen zu finden waren und überall waren schmale Kieswege, kreuz und quer über das ganze Gelände.
Wir folgten nicht der Wegführung, sondern querfeldein über Rasen, Beete und niedrige Hecken.

„Muss das denn sein?", hörte man den Hauslehrer am anderen Ende des Parks fauchen, der gerade seine Nachmittagsrunden drehte.

Ohne dem Geschwätz des Lehrers Beachtung zu schenken, setzten wir unseren Weg fort, bis wir den Park verließen und auf einem kleinen Wiesenstück waren. Dort mussten wir nur noch einen kleinen Hang hinab und gelangten in ein schmales Waldstück, durch das ein kleiner Bach floss.
Am Ufer standen alte Bäume, deren Äste wie Brücken über das Wasser ragten.

Als wir am Ufer des Bachs ankamen, warfen wir unsere Jacken auf einen Baumstumpf, krempelten unsere Hosen bis kurz unter die Knie hoch und zogen unsere Schuhe aus. Sofort ging es in den eiskalten Bach.
Ich erinnere mich noch genau an die unbeschreibliche Kälte, die einem im ersten Moment die Füße abfrieren ließ, dann aber schnell in eine angenehme Wärme umschlug und sich aber wieder bemerkbar machte, wenn etwas Wasser höherschlug und auf trockene Haut kam. Wir suchten im und am Wasser nach großen Steinen und trugen diese zusammen, um mit der Zeit eine Art Staumauer zu errichten, mit dem Zweck, dass Wasser in einer Verbreiterung des Bachbettes zu stauen.
Dies war leichter gesagt als getan und wir merkten schnell, dass unser Vorhaben zu eifrig war und beschlossen erst mal auf einem dicken Ast, der über das Wasser ragte, Platz zu nehmen. Unsere Beine baumelten in der Luft und ich schaute dem Wasser zu, welches unter uns unaufhörlich weiter floss und Stück für Stück die schon aufgeschichteten Steine wegriss.

„Alles umsonst, wie dumm", murmelte Harald und blickte traurig auf die Steine, die schon wieder im Wasser am Verschwinden waren.

„Hat doch Spaß gemacht", versuchte ich ihn zu trösten.

„Ergibt aber keinen Sinn, was zu machen, was keinen Bestand hat", wehrte er ab und ergänzte,„Man muss doch sehen, was gemacht wurde. Stell dir doch mal vor, alles was wir machen würde keine Spuren hinterlassen".

Gemeinsam schauten wir aufs Wasser und ich dachte über das Gesagte etwas nach. Heute weiß ich, dass nicht alles sichtbare Spuren hinterlassen muss. Nein, ganz und gar nicht. Die unsichtbaren Spuren sind oft die wichtigsten und nur durch sie kann das erschaffen werden, was wir sehen.
So saßen wir damals auf dem Ast, über uns die Sonne, unter uns, das Wasser und im Herzen die Erkenntnis, dass ein Staudamm zu bauen nicht ganz einfach ist.

„Wir sollten unserer Insel einen Namen geben", sagte plötzlich Harald.

Ich wollte meinen Ohren nicht trauen, sagte er unsere Insel. Welch eine Ehre, unsere Insel sagte er.

„Ja, du hast recht, das sollten wir", antwortete ich und war schon am überlegen, wie wir unsere Insel nennen könnten.

„Was hältst du von Kindesland", fragte er mich.

Kindesland dachte ich, hörte sich gar nicht so schlecht an.

„Wie kommst du denn auf den Namen", fragte ich

etwas erstaunt.

„Ich würde es gerne so nennen, da ich glaube, dass die Erwachsenen verrückt geworden sind", antwortete Harald und ich merkte, dass er es ernst meinte. Ich schaute ihn fragend an und wartete auf eine Begründung.

„Schau sie dir doch an. Sie verändern sich alle. Mein Vater kämpft für eine Sache, von der er nicht überzeugt ist, Peters Vater ist davon so überzeugt, dass er eifrig deren Ziele umsetzt und deine Eltern sind wegen derselben Sache abgehauen. Wie kann es sein, dass alle von denen beeinflusst werden, jeder auf eine andere Art und Weise und wir Kinder sollen glauben, was unsere Eltern wollen".

Er machte eine Pause beim Reden und ich merkte, dass es ihm wichtig war mit mir darüber zu reden.

„Unsere Insel soll uns sein, dir, Peter und mir. Die Erwachsenen hatten ihre Chance, jetzt haben sie sich entschieden und ich mich auch. Lass uns Peter einweihen, er soll auch Kindesland kennenlernen", fuhr er fort.

Ich fand seine Idee toll, da ich fand, zu dritt würde es bestimmt noch mehr Spaß machen. Am nächsten Tag in der Schule fragte ich Peter, ob er mit Harald und mir am Nachmittag zu den Ruinen gehen wolle.

„Mmmh, weiß nicht. Müsste aber erst mal nach Hause, um Proviant zu holen", antwortet er. „Kein Problem, dann treffen wir uns um drei an den Wiesen", sagte ich.

Die Wiesen liegen ziemlich genau in der Mitte, bis dorthin hatte jeder von uns ungefähr den gleichen Weg. Nach der Schule lief ich zuerst zum Gut, um Harald Bescheid zu geben, der saß in der Bibliothek und büffelte. Ich schlich mich auf die Terrasse und machte mich an der Glastür bemerkbar. Harald entdeckte mich sofort und kam durch den Salon gegenüber zur anderen Terrassentür heraus, um mich zu treffen.

„Was machst du denn hier?", flüsterte Harald.

„Können wir uns um drei an der Wiese treffen, Peter kommt auch, dann können wir zur Insel", flüsterte ich zurück.

„Hast du ihm schon was gesagt?", fragte Harald weiter.

„Nein natürlich nicht. Ist deine Aufgabe", beruhigte ich ihn und fragte weiter,„wie bist du denn so schnell herausgekommen?".

„Ach ist ziemlich leicht, musste halt mal aufs Klo, das zieht immer", prahlte er.„Gut, ich komme", ergänzte er noch, bevor er wieder im Haus verschwand.

Ich schlich mich wieder vom Gut und lief nach Hause, damit ich noch essen konnte. Beim Essen fragte Mutter, was ich denn heute Mittag machen würde und ob ich ihr helfen möchte, Wäsche im Garten aufzuhängen.

„Nee geht leider nicht. Ich habe Peter versprochen, ihm bei den Aufgaben zu helfen", flunkerte ich.
„Hast du denn deine schon gemacht?", fragte Mutter mit ernstem Blick.

„Ja hab ich schon in der Schule gemacht, war leicht", gab ich zur Antwort.

„So, so" grummelte Mutter und räumte das Geschirr ab.

Kaum fertig mit dem Essen machte ich mich auf den Weg zu den Wiesen, um meine Freunde zu treffen.

„Bis später", rief ich als ich aus dem Haus rannte.

„Komm nicht zu spät und pass auf dich auf", hörte ich aus der Küche.

So, das ist ja mal wieder gut gegangen, dachte ich mir, während ich den Weg zur Straße lief. Aus der Ferne sah ich unten an einen großen Baum gelehnt, meine Freunde stehen.

„Au, fast pünktlich", war das erste, was Harald schelmisch zu mir sagte, als ich ankam. „Besser wartet ihr als ich", antwortete ich spöttisch.

„Los, wir müssen. Bei uns wird pünktlich zu Abend gegessen", drängte Peter.

Kaum angekommen, zogen wir weiter den altbekannten Weg zu den Ruinen.

„Mann, der Berg wird aber auch immer steiler", jammerte Peter, als er die letzten paar Meter zur Ruine hoch ging.

„Das ist doch kein Berg", machte sich Harald über ihn lustig, denn er stand schon oben auf einer

Ruinenmauer und wartete, bis wir nachkamen.

Ich hätte Peter locker überholen können, doch unter Freunden macht man das nicht. Wir setzten uns auf ein Stück Mauer und jeder wusste, was jetzt kommen würde, als Peter seinen Rucksack öffnete. Als Erstes kam ein schönes Stück Schinken zum Vorschein, gefolgt von ein paar Würsten und einem Laib Brot. Er hatte sogar eine Flasche Limonade dabei. Als wir alles verspeist hatten und unseren vollen Bäuchen ein wenig Ruhe gegönnt hatten, sagte Harald plötzlich,„sollen wir es ihm zeigen?", dabei schaute er mich so geheimnisvoll an, dass ich fast lachen musste.

Ein „yes, me Lord" konnte ich mir nicht verkneifen. Peter schaute nur verwundert und sagte nichts. Also gingen wir zu den dichten Hecken und plötzlich verschwand Harald.

„Wo ist der denn jetzt hin?", sagte Peter.

„Wirst du gleich sehen. Geh einfach nach", beruhigte ich ihn.

Schon verschwand auch Peter im Geäst und man hörte ihn fluchen, „Aua, Mann, Au, was ist das für eine Scheiße".

Ich musste lachen, denn genau so fühlte ich mich auch, als ich das erste Mal durch das Gebüsch gekrabbelt bin.

Noch nicht ganz durch das Pflanzenlabyrinth gegangen, hörte ich schon, wie sich Harald und Peter unterhielten.

„Das habe ich ja noch nie gesehen", sagte Peter.

„Nein, kannst du auch nicht, es gibt nur den einen Weg und der ist gut getarnt. Wir sind aber noch nicht ganz am Ziel. Ich will dir etwas ganz Besonderes zeigen. Wir warten nur noch auf Paul", erwiderte Harald.

„Da bin ich schon", gab ich zur Antwort und befreite mich aus dem letzten Dickicht, welches mich irgendwie nicht loslassen wollte.

Harald ging, wie er es auch bei mir damals gemacht hat, die kleine Böschung zum Wasser hinab und Peter schaute genauso ungläubig, wie ich es tat. Ich folgte den beiden wissend, was kommt.

„Wo willst du denn hin", schnaubte Peter, als er die Böschung hinunterkletterte.

„Komm nur siehst du gleich", rief es aus dem Schilf.

Ich amüsierte mich, wusste ich doch genau, wie sich Peter jetzt fühlt. Auch ich ging den kleinen Abhang zum Wasser hinunter.

„Was ist das denn?", fragte Peter erstaunt, als er das kleine Ruderboot sah.

Harald saß schon drin und sagte, " Bitte alle einsteigen, wir legen gleich ab". Kaum gesagt saßen wir auch schon im Boot und Harald ruderte zur Insel.

Auf dem kurzen Weg zur Insel merkte man die Spannung, die in der Luft lag. Man merkte aber auch,

dass Peter an Bord war, denn das Boot lag tief im Wasser und Harald hatte Probleme, auf Kurs zu bleiben. Als wir in das Schilf an der Insel steuerten, sah ich, wie Peter immer nervöser wurde, als hätte er Angst, dass wir eine Havarie erleiden würden. Doch ich wusste, dass Harald dieses Manöver perfekt beherrschte und blieb gelassen.
Am Ufer angekommen, krabbelte Peter und ich aus dem Boot, während Harald das Boot mit einem festen Griff im hohen Böschungsgras in Schach hielt und als wir oberhalb der Böschung standen, machte er einen gekonnten Satz zu uns in der Hand einen Strick, welcher einerseits am Boot befestigt war und anderseits von ihm an einen dünnen Baum festgemacht wurde.

„So, das hätten wir", beendete er sein Manöver und strahlte uns an.

Ich ließ den beiden den Vortritt, als wir zu unserem Versteck gingen und war schon auf die Reaktion von Peter gespannt. Wir bahnten uns den kurzen Weg durchs hohe Gras und ich wartete auf das Signal von Harald, dass wir da sind.

„Alle Mann stopp", schallte es plötzlich aus erster Reihe und Peter und ich standen umgehend still.

Harald hob das getarnte Brett vom Loch und öffnete so den Durchgang zu unserer Unterkunft, ich merkte, dass Peter sehr beeindruckt war.

„Da müssen wir durch", sagte Harald und schaute Peter an.

„Wie soll ich da durchpassen?", fragte Peter.

„Das passt schon", beruhigte ich die Zwei.

Kaum gesagt war Harald im Loch verschwunden und Peter schon auf seinen Knien und auch ich ging schon in die Hocke.

„Mensch ist das eng hier. Aua, ich glaube, ich stecke fest. Wäre ich bloß zu Hause geblieben. Au", meckerte Peter, der mittlerweile im Loch verschwunden war und nur noch seine Schuhsohlen zu sehen waren.

„Gott sei Dank passt er durch", dachte ich mir und kroch Stück für Stück hinterher. Schließlich waren wir alle drei in dem Raum und Peter sah sich ungläubig um.

„Wie habt ihr dass hingekriegt", fragte er schon ehrfürchtig, während er sich mit aufgerissenen Augen umschaut.

„Ist ne lange Geschichte. Was zählt, ist, dass dies unser Versteck ist und bleibt, niemand darf davon erfahren, niemand!, mahnte Harald.

„Aber Vater will alles wissen, was im und um das Dorf passiert!", sagte Peter.

„Hier von darf er nichts wissen, das musst du versprechen", antwortete Harald und ergänzte, „wenn ein Erwachsener davon erfährt, zerstöre ich das Versteck und brenne das Boot ab".

„Nein, nein, mach es nicht. Ich verspreche es", lenkte Peter ein.

Harald und ich waren erleichtert, als wir das hörten.

Wir saßen an jenem Nachmittag noch Stunden in unserem Versteck und malten uns die tollsten Sachen aus.
Keiner von uns konnte damals ahnen, wie Kindesland unser Leben beeinflussen wird. Bestimmt nicht gut, nein, gut war Kindesland nicht für uns. Am Anfang, da war es ein Spiel, eine Abwechslung, ein Abenteuer, doch irgendwann wurde es ernst und ich denke, es war nur ein Spiegel der Zeit. Es war nicht besser und nicht schlechter wie alles andere. Es war dasselbe nur anders, so absurd es auch klingen mag, wir waren wie die, die wir nicht sein wollten.

Wir versuchten unsere Wahrheit zu sehen und zahlten einen hohen Preis dafür. Damals lernte ich, dass alles einen Preis hat und der auch bezahlt werden muss. Die Kunst dabei ist, nicht der, der bezahlen muss zu sein, obwohl es manchmal der leichtere Weg gewesen wäre. Denn den Kopf aus der Schlinge zu ziehen, bedeutet auch, mit dem darin befindlichen Wissen leben zu müssen.
Wenn eine Gesellschaft mit Gift durchzogen wird, dann vermischt sich Gut und Böse miteinander. Alles wird irgendwie vergiftet und man kann sich wehren, wie man will, es bleibt an einem haften wie flüssiger Teer.

Auch wer nur Gutes tut und gegen Böses kämpft, weiß von dem, und es bleibt in ihm, denn was war, wird immer sein.

Wir wollten Gutes tun, wenn es gut war, das wollten wir raus finden, aber wir entdeckten nicht nur das Gute, sondern auch das Böse und das schmerzte. Es soll niemand glauben, man fände nur das, was man sucht, nein, man findet immer auch das, was übrig bleibt von dem Gewünschten. Aber davon später mehr...

Kapitel 9
Die Nachricht

„Ich geh spielen", rief ich zu Mutter in die Küche und eilte die Tür hinaus, so wie ich es immer tat, um nicht noch in letzter Sekunde von Erledigungen eingeholt zu werden.

Wie oft sagte ich, „ich geh spielen" und bekam als Antwort, „du musst aber noch dies und dass und jenes machen". Also gewöhnte ich mir an, immer so spät wie möglich meine Absicht zu verkünden und dann schon nicht mehr erreichbar zu sein. Auch an diesem Tag schien mein Plan aufzugehen.

Als ich schon im Vorgarten war und unser kleines Tor zum Weg im Auge hatte, ergriff mich von hinten Vaters Stimme, die wie ein Donnerhall zu mir sprach, „Ah, da bist Du ja. Ich brauch dich hier mal" und ohne weiter nachzudenken, bremste ich schon automatisch.

Was will der denn jetzt noch, schoss es mir durch den Kopf, während ich mich zu Vater umdrehte. Dieser stand freudig lächelnd im hinteren Teil des Gartens unter unserem Apfelbaum und raffte Äpfel vom Boden, die er anscheinend vorher vom Baum geschüttelt hatte.

„Wenn wir uns beeilen, haben wir den Baum in einer halben Stunde leer gepflügt. Ich brauche jemanden, der in die Krone klettert und von oben schüttelt", erklärte mir Vater euphorisch.

Vater liebte die Äpfel von dem Baum, sie schmeckten ihm außerordentlich gut und für ihn war die Erntezeit immer ein Fest. Ich muss aber auch zugeben, dass die Äpfel wirklich gut waren und der Apfelkuchen, den Mutter daraus zauberte, ein Traum war und um in den Genuss dieses Traumes zu kommen, beschloss ich, ohne zu murren Vater noch etwas zu helfen.

„So, das hätten wir", sprach Vater, als wir den letzten brauchbaren Apfel vom Baum geholt hatten, und für mich klang dies als „Freifahrtschein" in die lang ersehnte Freiheit eines Donnerstagnachmittags.

Ohne Zeit und Worte zu verschwenden, kratzte ich erneut die Kurve Richtung Tor, in der Hoffnung, kein weiteres Rufen zu hören.

„Komm nicht zu spät", ertönte es plötzlich von hinten und im ersten Moment wollte ich schon wieder bremsen, doch dann verstand ich, dass es sich nicht um eine weitere Aufforderung zum Helfen handelte, sondern lediglich um einen Wunsch und ich setzte meinen Weg fort, legte sogar noch einen Zahn zu, um endlich aus dem „Gefahrenbereich" zu gelangen.

Ich lief unseren Weg zur Straße hinab, mit dem Ziel „Terrasse auf dem Gut" im Kopf, denn ich wollte Harald aus den Fängen seines Hauslehrers befreien, der manchmal kein Maß kannte und lehrte und lehrte.

An jenem Spätsommertag lag das Gut in einem wunderbaren Licht vor mir. Das Laub an den Bäumen zeigte noch einmal ihr ganzes Können und spielte mit der Sonne, indem es die schönsten Figuren aus Schatten zauberte, die sich an der Fassade des Gutshauses austobten.

Ich schlich mich wie immer auf das Gelände, in der Hoffnung, nicht gesehen zu werden, denn ich war nicht unbedingt gerne dort gesehen. Ich war nicht gerade der passende Umgang für einen angehenden Freiherrn, das war mir aber ziemlich egal und ich denke Harald auch. Es war für mich ein leichtes, an den Bediensteten des Hauses vorbeizukommen, auch die Hunde, die sofort anschlugen, wenn sie jemand Fremdes sahen, konnte ich immer austricksen.
Also gelang es mir auch an jenem Tag auf die Terrasse zu kommen, doch anstatt das gewohnte Bild des Lehrers und seines Schülers sah ich nur einen leeren Salon. Dies kam mir direkt seltsam vor, was ist da los? Schoss es mir durch den Kopf. Um Antworten auf meine Frage zu finden, schlich ich mich weiter über das Gelände.
Ich verschanzte mich hinter einem großen Busch, in dem ich mich gänzlich verstecken konnte. Von dort sah ich auf die kleine Terrasse am Seitenflügel, dort wo Harald mit seinen Eltern wohnte.

Seine Mutter saß auf einem gusseisernen Stuhl, der zu einer kleinen Gartengarnitur gehörte, ihre Hände vorm Gesicht, stützte Sie ihre Arme auf den kleinen Tisch vor Ihr und ich wusste, dass dies nichts Gutes zu bedeuten hatte.

Ich hielt weiter Ausschau nach Harald, doch der blieb verschwunden.

Wo ist der nur, dachte ich und wurde sichtlich nervöser. Plötzlich kam mir der Gedanke, dass Harald in unserem Versteck sein könnte, ich weiß bis heute nicht, warum ich das dachte, doch damals war es für mich klar. Ohne weiter darüber nachzudenken, lief ich aus dem Park in Richtung Waldrand und verschwand alsbald in diesem. Ich lief die Strecke zu der Ruine und meine Gedanken drehten sich nur um Harald. Ich wusste, es würde was nicht stimmen, doch ahnte ich noch nicht, wie schlimm es in Wirklichkeit war.

Schon unterhalb der Anhöhe hielt ich Ausschau nach meinem Freund, doch ich entdeckte ihn nicht, alles, was ich sah, war ein Karnickel, welches sich panisch ein Versteck suchte. Ich verweilte ein paar Minuten an der Ruine, um etwas Kraft zu sammeln, um dann zu der Insel zu gehen, denn dort glaubte ich eher, dass ich ihn finden würde.

Also machte ich mich auf den Weg durch das Gestrüpp und nach ein paar schmerzhaften Minuten war ich schließlich am See. Mein erster Blick war auf die Insel, hoffend Harald zu sehen, aber ich sah ihn nicht, darum kletterte ich die kleine Böschung hinab und schaute nach dem Boot zwischen dem Schilf, um auf die Insel zu gelangen. Schnell merkte ich, dass das Boot nicht da war, im ersten Moment war ich erleichtert, doch dann merkte ich, dass ich jetzt zwar weiß, wo Harald ist, doch ich nicht zu ihm komme. Und mir schoss durch den Kopf, was wäre, wenn er meine Hilfe bräuchte.

„Harald Haaraald", schrie ich in der Hoffnung, Antwort zu erhalten.

Doch er antwortete nicht und dass gefiel mir gar nicht. Also überlegte ich, wie ich noch auf die Insel kommen könnte und da fiel mir nur eines ein. Kaum gedacht, zog ich meine Schuhe und mein Hemd aus und sprang samt kurzer Hose in das grünlich schimmernde Wasser. Mir war nicht wohl bei der Sache, denn die Brühe sah nicht gerade einladend aus, aber was blieb mir übrig. Ich fing direkt an zu schwimmen, um schnell am Ufer der Insel anzukommen, dabei machten mir die kleinen Wasserläufer auf dem Wasser die meisten Probleme, den bei jedem Atemzug von mir bestand die Gefahr ein, zwei Tierchen einzuatmen und dies wollte ich nicht unbedingt.
Nach einer gefühlten Ewigkeit gelangte ich ans rettende Ufer und ohne Zeit zu verlieren, krabbelte ich an Land. Ich sah aus wie ein Seemonster, denn überall auf mir hingen grüne schleimige Algen hinunter und die rochen auch ziemlich vermodert. Ich streifte mir das Grünzeug von der Haut und ohne viel Umschweife ging ich zum Versteck. Da ich immer noch nass war und durch den winzigen Tunnel kriechen musste, kam ich auf der anderen Seite als panierter Wurm raus. Doch all die Strapazen waren wie weggeflogen, als ich dort in der Ecke Harald sitzen sah, zusammengekauert und in eine Decke gehüllt.

„Hallo, mein Freund", sagte ich und stand da, als sei ich ein Wilder aus dem Urwald.

„Hallo", erwidert er und blickte weiter wie versteinert auf seine angewinkelten Knie unter der Decke.

„Was ist los, was machst du hier?", fragte ich und wusste, dass mir die Antwort nicht gefallen würde.

Harald zögerte mir eine Antwort zu geben. Ohne sich zu rühren, saß er da und starrte weiter vor sich. Ich merkte die ungeheure Spannung in dem Raum, es war, als könnte man die Zeit in Scheiben schneiden, so träge und fassbar schien sie zu sein.

„Er hat es mir versprochen!", sagte Harald plötzlich mit leiser, trauriger Stimme.

„Wer hat dir was versprochen?", fragte ich vorsichtig.

„Mein Vater. Er hat mir versprochen, zurückzukommen. Er sagte, er werde sein Versprechen denen gegenüber einlösen und dann würde er kommen und bleiben. Er müsse seinen Schwur einlösen, nur dann könne er in Frieden leben", fuhr er fort.

„Dann freue dich doch, wenn er endlich kommt!", in meinem Innern ahnte ich, dass dies nicht mehr möglich sei, und doch sagte ich es in der Hoffnung, mich zu täuschen.

„Er ist tot", antwortete Harald. Einfach so trocken gefasst ohne Emotionen.

„Er ist tot" sagte alles, es gab nichts zuzufügen. Egal wie wir es schmücken, auslegen und wiederholen, es bleibt, was es ist.
Damals hörte ich so etwas das erste Mal, doch wie oft hörte ich es seitdem wieder. Ein Mensch stumpft ab, je öfter ihm das Schicksal in die Fresse tritt, leider, oder Gott sei Dank, das sei dahin gestellt.
Damals war es für mich surreal, irgendwie nicht fassbar.

Er ist tot.
Oh, wie geht es ihm denn?

So möchte ich es beschreiben. Manchmal ist das eigene Verhalten im Nachhinein betrachtet, zum Schämen, doch im Moment des Geschehens nachvollziehbar.

Ich konnte damals als Junge mit dieser Nachricht nur schwer umgehen und stand machtlos, ohnmächtig neben meinem Freund. Ich wusste nicht, was kommen mag, wie er reagieren würde und ob er überhaupt wollte, dass ich mich einmischte. In diesem Moment war er mir sehr fremd, seltsam, in der schwersten Stunde eines Menschen, denkt man an bedingungslosen Zusammenhalt in einer Freundschaft, doch in Wirklichkeit überkommt einem ein Gefühl des nicht Erreichen des Gegenübers, als stünde eine unsichtbare Mauer zwischen uns. So war es zumindest bei mir.

So kam es, dass ich neben Harald saß und versuchte ihm nah zu sein. Mehr konnte ich in jenem Moment nicht machen und ich denke, mehr wollte auch er nicht.

Als wir so nebeneinander saßen, ging mir einiges durch den Kopf. Jeder vom Dorf wusste das „die" Schlimmes im Schilde führten. Alleine der Wirt bewies uns dies fast täglich, wir alle wussten auch, dass „die" gegen alle anderen in den Kampf zogen. Wir hörten immer wieder von Siegen und Niederlagen, wir sahen, wie Menschen gingen, um „denen" zu dienen, und wir sahen, wie Menschen gingen, weil „die" sie nicht duldeten. All das sahen wir und doch betraf es uns nicht.

Alle sprachen darüber, diskutierten, befürworteten und lehnten ab, aber es ging immer um ein „die", nie um ein „uns".

Harald betraf es nun direkt und er wurde nie gefragt, ob er das alles überhaupt wollte. Er musste nun mit den Folgen leben, nicht die, die es verantworteten. Für die war Balthasar von Schlütte Mittel zum Zweck, für Harald war es der Vater.

Des Menschen Augenblick auf Erden,
wird vergessen in der Ewigkeit.

Alle Hoffnung ruht,
in der unsichtbaren Kraft der Erinnerung.

Wer vergessen wird,
der stirbt für immer.

Spät abends gingen wir gemeinsam nach Hause. Ich mit der Gewissheit, eine ordentliche Tracht Prügel zu kassieren, da ich gnadenlos zu spät war und Harald mit der Gewissheit, seinen Vater nie wieder in die Arme nehmen zu können. Man kann sich leicht vorstellen, dass er liebend gerne mit mir getauscht hätte und ich die Prügel an jenem Abend bittersüß erlebte.

Mister Lee

Aus dem Logbuch der HMS Southampton, Linienschiff in der Royal Navy

...und wie so oft lobte Kapitän Lord William Jones beim gemeinschaftlichen Abendessen mit seinen Offizieren am Heiligen Abend des Jahres 1877 das vorzügliche Mahl, gezaubert von dem Schiffskoch Mister Lee und hob besonders den leckeren und reichhaltigen Fleischeintopf hervor, welcher auf hoher See keine Selbstverständlichkeit war ...

...nebenbei erwähnte der Kapitän während des Dinners, dass auf jener Reise kaum Ratten an Bord gewesen seien und nannte es ein Glück, mit gutem Essen und wenig Ungeziefer auf See zu sein ...

Kapitel 10
Der Fremde kommt nach Hause

In jenem Spätsommer überschlugen sich die Ereignisse. Nicht nur auf der ganzen Welt, sondern auch bei uns an deren Ende.

Harald war immer noch in Trauer wegen seinem Vater, Peter wurde immer mehr wie sein Vater und ich stand dazwischen und versuchte unsere Freundschaft zusammenzuhalten, was nicht immer einfach war. Der alte Freiherr, seit dem Tod seines einzigen Sohnes um Jahre gealtert, verlor seinen Lebensmut. Besonders Holger Stenzel machte sich dies zu nutzen und baute sein Position im Dorf weiter aus. Immer öfter sah man von den Schatten im Dorf, sie umgarnen den dicken Stenzel, dessen Maul immer größer wurde. Seine Wirtschaft wurde mehr und mehr zu seinem Büro und Gerichtssaal, wo er schaltete und waltet, wie es ihm gefiel.

Haralds Mutter musste von Ihrem Arzt aus, dem Oberamtsarzt Professor Müntzel, ein alter krummer Gelehrter mit weißem Bart und Nickelbrille, zur Kur an die Adria, um wieder zu Kräften zu kommen. Sie war lange dort! Am Anfang hieß es nur zwei Wochen, doch am Ende wurden es Monate.

So kam es, dass der Rest des Sommers mehr oder weniger traurig und monoton verging. Es gab immer wieder Ausnahmen, an denen wir wie in alten Tagen spielten und tobten, aber wie gesagt, es waren

Ausnahmen.
Doch an einem Donnerstag in der letzten
Septemberwoche geschah etwas Außergewöhnliches.

Ich war noch in der Schule, wir mussten gerade einen
Aufsatz über den Sommer schreiben, als ich aus der
Starre der Stunde erwachte und etwas Seltsames in
dem kleinen Wäldchen neben der dicken Dame sah.
Irgendwas oder jemand schlich dort umher und wollte
nicht gesehen werden. Da dies sonst Peters und meine
Aufgabe war, interessierte ich mich sehr für den
Konkurrenten.
Ich wurde Zunehmens nervöser, denn ich sah keine
Möglichkeit, an unserem Tyrannen vorbei zu kommen,
ohne eine Tracht Prügel einzustecken und die Ausrede,
dass es mir Unwohl ist, zog schon lange nicht mehr.
Also blieb mir nichts anderes übrig, als die Zeit
abzuwarten.

Kaum war die Schule zu Ende, nahm ich die Verfolgung
auf. Ich beschloss Peter nicht einzuweihen, da ich nicht
wusste, wie er reagiert.

„Hey, was hast du es denn so eilig?; fragte er im Flur.

„Ich muss noch was im Laden kaufen", schoss es aus
mir raus.

„Ich geh nach Hause, wir schlachten heute Hühner",
antwortete Peter.

So trennten sich unsere Wege an diesem Tag.

Doch anstatt in den Laden ging ich natürlich der ominösen Gestalt auf die Spur. In einem unbeobachteten Augenblick bog ich hinter der Kirche ab und verschwand zwischen Hecken und Bäumen auf der Suche nach einem Abenteuer.

Alles, was ich fand, kannte ich aber schon, weil es schon immer da war. Aber ich wollte nicht aufgeben und suchte weiter. Mein Bauchgefühl trieb mich voran und ich weitete mein Suche auf die umliegenden Felder aus. Irgendwas muss doch anders sein, irgendein Hinweis, eine Spur. Ich schaute unter jedem Stein nach, hinter jeder Ecke vermutete ich was, so verbrachte ich Stunden mit Suchen und verzweifelte langsam.

Vielleicht hast du dir das nur eingebildet, dachte ich, aber das konnte nicht sein. Ich wusste dass ich etwas oder besser jemanden gesehen hatte und machte weiter.

Ich wusste ja nicht mal, wonach ich suchen sollte. War es ein Tier oder Mensch, jung oder alt, vielleicht ein Schatten oder jemand, der sie bekämpft? Ich wusste es nicht. Nach einiger Zeit wurde ich müde und wollte ein wenig ausruhen. Ich war schon ein gutes Stück vom Dorf weg und ohne das ich es merkte, war ich auf halbem Weg nach Hause. Ich setzte mich auf einen großen Stein, der zwischen Straße und Feld etwas am Hang lag und streckte meine Beine aus.

Ich schaute mich ein wenig, um immer noch in der Hoffnung etwas zu bemerken, was außergewöhnlich war und das Rätsel lösen könnte. Plötzlich, ich wandte meinen Blick schon ab, sah ich in meinem Augenwinkel etwas Dunkles am Waldrand.

Was war das, dachte ich, und eh ich einen klaren Gedanken fassen konnte, war ich auch schon über die Straße gelaufen, in Richtung Waldrand.

Ich hatte seltsamerweise keine Angst, nein, im Gegenteil, ich war nur neugierig. Als ich endlich die Wiese überquert hatte und in den Wald kam, sah ich die Gestalt nicht mehr.

Vielleicht war es nur ein Reh, schoss mir durch den Kopf, doch wollte ich nicht aufgeben und ging tiefer in den Wald hinein. Von dort war ich noch nie in den Wald gegangen. Wir betraten ihn sonst immer weiter unten, dort, wo die Wiese etwas schmaler war. Es sah alles anders aus. Wenn man jahrelang dieselbe Perspektive hat und plötzlich eine andere, dann kann dies schon etwas verwirrend sein. Obwohl es sich damals nur um ein Waldstück handelte, welches ich von einer anderen Seite betrat, hat mich dies sehr beeindruckt und ich denke noch heute daran zurück, wenn ich eingefahrene Situationen anders begegnen möchte.

Doch zurück zu der Gestalt, welche ich verfolgte. Ich blieb nach einer Weile kurz stehen und versuchte irgendetwas Verdächtiges ausfindig zu machen, doch das bewaldete Tal lag ruhig und friedlich wie immer vor mir. Nicht das Geringste, was ich nicht kannte. Ich überlegte, was ich machen würde, wenn ich verfolgt werden würde.

Ich würde weiterlaufen aus dem Tal hinaus, denn dort gab es kaum Deckung. Ich würde dorthin, wo auf dem Boden dichter Bewuchs ist, und ich dachte, dass die Gestalt dasselbe dachte.

Also nahm ich die Verfolgung wieder auf und rannte zum Ende des Tals, denn dort wurde aus einem aufgeräumten Buchenwald ein wilder Mischwald. Die Blätter der kleineren Bäume wurden durch die Nachmittagssonne angestrahlt und deuteten darauf hin, dass dort hinten kein Kronengewölbe war, so wie hier.

In dem Stück Mischwald lag alles kreuz und quer, abgestorbene Bäume und Äste dienten als Grundlage für Moose und Flechten und kleine Bäume bahnten sich im Schutze der Toten ihren Weg ans Licht. Das Urwaldstück konnte nicht sehr groß sein, denn ich wusste, dass dahinter der nächste Buchenwald anfing, den ich sonst weiter vorne durchquerte, dort wo die Bäume etwas jünger waren als im großen Tal.
Ich beschloss, ganz im Sinne meiner Zinnfigurenarmee, mich langsam und leise dem Waldstück zu nähern. Jahrelange Kampferfahrungen auf dem Stubenboden lehrten mich darauf zu achten, auf kein Stöckchen zu treten, denn dies würde in der Stille des Waldes einen regelrechten Donner auslösen. Also ließ ich mir Zeit und nahm den mir klügsten Weg.
Kaum im Dickicht angelangt, suchte ich mir eine geeignete Stelle, um den besten Ausblick zu haben und eh ich mich versah, saß dort unter einer jungen Birke ein kleiner Junge, vielleicht so alt wie ich, zerlumpt und dreckig, als sei er nie woanders gewesen. Die Beine halb nackt und dürr, angewinkelt und mit den noch dünneren Armen umschlungen. Sein Kopf lag auf seinen Knien, die Haare kurz geschoren, als sei er ein Schaf, sah man die Nackenknochen aus dem Genick stehen. Im ersten Moment war ich erschrocken, denn ich hatte noch nie einen solchen Vagabunden gesehen, oder steckte was Anderes hinter seiner traurigen Gestalt.

„Wer bist du?", fragte ich vorsichtig.

Doch der Junge gab mir keine Antwort, er schaute mich nicht mal an, es war, als hätte er mich gar nicht kommen sehen.

„Hey, wer bist du?", versuchte ich es ein zweites Mal mit sanfter Stimme.

Wieder keine Regung, geschweige denn eine Antwort. Ich ging etwas näher und vernahm ein leises Schluchzen. Ich wusste in jenem Moment nicht, was ich tun sollte, aber ich musste ja etwas tun, also setzte ich mich dem Häufchen Elend gegenüber und wartete. Es dauerte eine ganze Weile, bis sich dann etwas tat. Ich weiß es noch, als sei es gestern gewesen. Der Junge hob seinen Kopf und schaute mich von unten an, dabei riss er seine Augen weit auf und ich sah sein verweintes Gesicht. Wir hielten eine gefühlte Ewigkeit Blickkontakt, bis ich einen erneuten Versuch wagte.

„Wer bist Du, kann ich Dir helfen?", aber wie ich es mir schon dachte, gab er mir wieder keine Antwort.

„Wo wohnst Du? Es wird bald dunkel, ich kann dich doch nicht hier lassen", sprach ich mehr mit mir selbst als mit ihm.

Ich beschloss, ihn zur Insel zu bringen, denn das war die einzige Möglichkeit, dem Fremden zu helfen. Dort war es sicher, es gab Kerzen, ein Schlafplatz und auch eine Notration Essen und Trinken, alles, was ein Mensch braucht. Ich hoffte, dass er mich verstand und nicht wegläuft. Obwohl ich mir ziemlich sicher war, dass er dazu nicht mehr in der Lage war. Ich erspare mir und ihm noch mehr Fragerei und ging zu ihm und packte ihn sanft und freundlich am Arm.

„Komm, mein Freund, ich bring dich ins Kindesland,

dort bist du sicher", sagte ich hoffnungsvoll zu ihm.

Obwohl ich es nicht erwartet hätte, stand er auf und lies sich von mir führen. Da ich wusste, dass wir noch einen stattlichen Weg vor uns hatten, verlor ich keine Zeit. Ich war froh, als ich in der Ferne die ersten Mauerstücke der Ruine sah und teilte meinem Begleiter mit, dass wir bald am Ziel waren.
Ich merkte, dass auch er erleichtert war, als er dies hörte. Doch ich machte mir auch Sorgen, denn ich wusste nicht so recht, ob wir ohne Probleme durch das Labyrinth kommen werden und ob er mir auch vertraut, wenn wir ins Boot steigen müssen. Doch alles ging reibungslos und wir waren im Handumdrehen auf der Insel. Dies wurde auch Zeit, den mein Gast wurde von Sekunde zu Sekunde schwächer und ich bemerkte, dass er eine Verletzung am Bein zu haben schien, denn unter der zerfetzten Hose sah ich einen schmutzigen Verband, der teilweise schon durch geblutet war.
Ich sprach ihn aber nicht darauf an, ich wollte ihm erst etwas Ruhe gönnen. Am Eingang des Versteckes angekommen, erklärte ich ihm, dass wir durch das Loch kriechen müssen. Mit Händen und Füßen erklärte ich ihm, was zu tun sei.

„Wir müssen da durch", sagte ich und machte mit meinen Armen eine kraulende Bewegung.

Mein Gegenüber sah mich nur ängstlich an und schien keinerlei Interesse daran zu haben.
Also beschloss ich einfach vor zu gehen, in der Hoffnung, dass er mir folgen wird und so kam es auch. Als er nach wenigen Minuten auch im Versteck stand, hörte ich mich *geschafft*" sagen und war glücklich. Ich

zeigte ihm seinen Schlafplatz und gab ihm den Proviant, den wir auf der Insel versteckt hatten, außerdem zündete ich ihm noch eine Kerze an.

„Bleib hier. Ich komme morgen wieder", machte ich ihm mit deutlicher und lauter Stimme klar und ging zum Tunnel.

Als ich draußen war, musste ich mit mir kämpfen, ich überlegte, ob ich es wagen dürfte, einen Menschen einzusperren. Denn wir hatten für das Brett, welches über dem Tunneleingang lag, einen Stamm, den wir so zwischen zwei Bäume klemmen konnten, dass sich das Brett von innen nicht mehr bewegen lies. So konnten wir auch Gefangene spielen. Die Gefahr, dass er abhauen würde, war mir zu groß und ich sperrte ihn ein.

Ich dachte den ganzen Heimweg über das Erlebte nach und fragte mich, wie ich es Harald beibringen könnte, dass ich unser Geheimnis verraten habe. Mir war mulmig bei der ganzen Sache, doch irgendwie wusste ich auch, dass es das Richtige war.
Zu Hause angekommen saß Vater mit ein paar Erntehelfern im Garten um ein kleines Lagerfeuer, sie hatten Kartoffeln ins Feuer geworfen und warteten, bis sie gar waren. In der Erntezeit waren viele Helfer in der Gegend, sie wohnten auf dem Gutshof und die Pächter konnten mit deren Hilfe ihre Ernte rein holen. Den Lohn der Arbeiter musste der Pächter bezahlen, der Gutsherr stellte das Quartier und ließ sich dies vom Helfer bezahlen, so hatte jeder was davon. Mein Vater legte Wert auf Gastfreundschaft und darum machte er fast nach jedem Arbeitstag ein Kartoffelfeuer, zu dem auch

ein, zwei Schnaps nicht fehlen durften.

„Ei, ei wo kommst du den her?", fragte Vater angeheitert.

„Jetzt haben wir ohne dich angefangen", sprach er weiter und musste aufpassen, dass er nicht von seinem Hocker kippte.

Mutter schien im Haus zu sein und ich wusste, dass sie es nicht so locker nehmen würde.

„Wo warst du?", hörte ich plötzlich aus der Küche und mir lief es kalt den Rücken runter.

„Hmm, tut mir leid, aber mmh ich hab die Zeit verträumt", versuchte ich mich zu entschuldigen.

„Junge, was soll ich mit dir noch machen", seufzte sie, dass sie mir schon wieder Leid tat.

„Kommt nicht mehr vor", tröstete ich sie und verschwand über die Treppe in mein Zimmer.

„Du musst doch Hunger haben", rief Mutter mir hinterher.

„Nein, vielleicht später", riegelte ich ab.

Natürlich hatte ich Hunger an jenem Abend, doch um weiteren Befragungen aus dem Weg zu gehen, beschloss ich lieber zu hungern, als aufzufallen.

Ich legte mich auf mein Bett und überlegte, was ich

Harald sagen würde. Würde er mir verzeihen, oder war dies das Ende unserer Freundschaft? Daran wollte ich nicht einmal denken.

Morgen geh ich zu ihm und frage, ob wir zum Versteck gehen und auf dem Weg dorthin werde ich ihm alles beichten, dachte ich mir und schlief ein.
Am nächsten Morgen musste ich erst einmal überlegen, ob ich alles nur geträumt habe oder ob wirklich ein Junge in unserem Versteck war, doch ich merkte ziemlich schnell, dass es so war. Ich überlegte, ob der Fremde es bis nach der Schule in dem Bunker alleine aushalten würde, oder ob ich vorher hin sollte? Nein, das reicht, dachte ich mir, während ich mich anzog und zum Frühstück in die Küche ging.
Auf dem Schulweg und während des Unterrichtes konnte ich keinen klaren Gedanken fassen, doch ich beschloss Peter noch nichts zu sagen, da ich erst mit Harald sprechen musste und ich nicht wusste, ob Peter es seinem Vater sagen würde.

So verging der Morgen, ohne dass ich mich an diesen erinnern könnte, da mich Anderes interessierte. Doch erinnere ich mich an den ersehnten Satz unseres Lehrers, „Ihr könnt gehen".

Sofort machte ich mich auf den Weg zum Gut, um Harald zu sprechen. Ich wusste ja, dass er länger lernen musste als ich und daher kannte ich den Ort, an dem ich ihn finden konnte. Ich schlich mich wie immer auf das Gelände und ging über die Terrasse zu den Glastüren der Bibliothek. Wie ich es erwartet habe, saß er dort und paukte, sein Lehrer war gerade in eine

Lektüre vertieft und schien abgelenkt, ich nutzte die Chance und zeigte mich winkend an der Scheibe. Es dauerte nicht lange, bis Harald auf mich aufmerksam wurde und er mir verständlich machte, dass wir uns im Nebenraum an der Terrassentür treffen.

„Hallo, was willst du denn?", begrüßte mich Harald etwas genervt.

„Ich muss so ein blödes Gedicht lernen, das nervt mich ganz schön", es schien, als wollte sich Harald so für seine abweisende Begrüßung entschuldigen.

„Sollen wir heute Nachmittag zum Kindesland gehen", fragte ich direkt.

„Ja können wir machen, wir treffen uns um zwei an den Wiesen. So, jetzt muss ich wieder rein. Mach`s gut", flüsterte Harald nervös und verschwand hinter der Tür.

Ich konnte nichts weiter sagen, so eilig hatte er es, aber ich verstand, dass er gestresst war, denn auch ich hasste Gedichte.Ich machte mich aus dem Staub und rannte nach Hause, denn es sollte nicht auffallen, dass ich noch wo anders war.

„Was gibt es zu essen?", war meine erste Frage, als ich Mutter sah.

„Guten Tag heißt das", belehrte sie mich, bevor sie meine Frage beantwortete.

Ich war die ganze Zeit in Gedanken bei meinem Geheimnis, welches ich Gott sei Dank, bald mit Harald

teilen würde und somit die Last nicht mehr alleine tragen müsste. An diesem Tag hatten meine Eltern keine großen Fragen an mich und auch keine Aufgaben, die ich erfüllen sollte, also versuchte ich nicht weiter aufzufallen und verabschiedete mich um kurz vor zwei mit den Worten,
„ich geh spielen".

„Komm nicht zu spät!", rief Vater aus dem Wohnzimmer, halb schlafend, geweckt durch mein Rufen.

„Nein, bin bei Zeiten da", antwortete ich und verschwand so schnell ich konnte, um nicht doch noch aufgehalten zu werden.

Als ich auf die Straße abbog, sah ich schon Harald am Weidezaun stehen, angelehnt an einen Pfahl und einen langen Grashalm zum Spielen in der Hand, aber er war nicht alleine da, neben ihm Peter, der wohl durch Zufall vorbei kam.
Ich lief zu ihnen und begrüßte meine Freunde mit einem,

„Hallo, schön, euch zu sehen".

„Hallo", erwiderte Peter.

„Hallo Paul", schloss sich Harald an.

Wir kletterten unter dem Zaun durch und liefen über die Wiese zum Wald. In diesem setzten wir unseren Weg im Gehen fort und ich nutzte die Chance. Da ich mit Harald nicht alleine war, wir aber bald an der Insel waren und ich dort keine böse Überraschung wollte, beschloss ich beiden mein Geheimnis mitzuteilen.

„Ich muss euch was sagen", fing ich einfach an.

„Was denn?", fragte Harald umgehend.

„Du bist ein Mädchen. Ich wusste es schon immer", alberte Peter und lachte.

„Nein, im ernst", mahnte ich mit ernstem Blick.

„Sag schon, so schlimm kann es nicht sein", beruhigte mich Harald, dabei lächelte er ein wenig.

„Mmmh, ich war, wie soll ich sagen, gestern ging ich, mmh nach der Schule,

ich wollte, da war.", stammelte ich vor mich hin.

„Na, was denn nun?", fragte Peter.

Ich überlegte kurz, wie ich am besten die Situation erklären könnte, doch dies viel mir schwer.

„Also, was ich euch sagen will, ist, wenn wir auf unsere Insel kommen, werdet ihr überrascht sein", versuchte ich einen neuen Anfang.

„Was meinst du damit?", fragte Harald.

„Nun, ich habe was eh jemanden gefunden und der ist jetzt im Versteck", antwortete ich.

„Was, du hast unser Versteck verraten. Warum hast du das getan? Du hast versprochen, es für dich zu behalten", schrie mich Harald an und Peter nickte zustimmend.

„Ich habe nichts verraten! Ich habe einem Menschen geholfen, mehr nicht. Ihr hättet bestimmt das Gleiche getan?", verteidigte ich mich energisch.

Wir gingen eine Zeit lang nebeneinander her, ohne miteinander zu sprechen, und ich merkte, dass Harald verstand, was ich getan habe.
Als wir fast an den Ruinen waren, blieb er plötzlich stehen, Peter war schon drei, vier Meter vor uns und merkte erst gar nicht, dass wir stoppten. Als er es bemerkte, drehte er um und kam zu uns.

„Ja, du hattest recht. Ich hätte dasselbe getan, aber sei ehrlich, du hättest auch wie ich reagiert", sagte Harald.

Ich lachte und sagte, „und ob".

Ich war sehr aufgeregt, weil ich nicht wusste, ob der Fremde noch im Versteck war und weil ich nicht wusste, was wir mit ihm machen sollten, wenn er noch da war. Je näher wir an den See kamen, je mulmiger wurde es uns und alle schauten aufgeregt umher, um jede noch so kleine Veränderung wahrzunehmen. Doch es war alles ruhig und sah aus wie immer.
Schließlich am Eingang des Versteckes angekommen, merkte ich schnell, dass es noch so verschlossen war, wie ich es hinterlassen habe. Im ersten Moment war ich beruhigt, doch im gleichen Moment bekam ich es mit der Angst zu tun, da ich mir nicht sicher war, ob der

arme Kerl noch leben würde.
Peter, der kräftigste von uns, packte mit einem Ruck den Stamm zur Seite und öffnete blitzschnell den Tunnel. Ich ging als Erstes durch, dann Harald, schließlich Peter. Im Versteck angekommen brauchten wir ein, zwei Sekunden, um uns an die dunklere Umgebung zu gewöhnen, und solange die anderen sich umschauten, um sich zu orientieren, schaute ich direkt zum Schlafplatz, den ich dem Jungen zugewiesen hatte.

Ich merkte ziemlich schnell, dass er dort lag und nicht tot war, sondern verängstigt über den Deckenrand schaute, die er bis unter die Nase gezogen hatte.
Nun standen wir da und keiner wollte den Anfang machen, da keiner wusste, wie dieser aussehen könnte.

Ich versuchte die Situation in den Griff zu bekommen und begann mit dem Fremden zu sprechen.

„Na, wie war die Nacht? Konntest Du ein wenig schlafen? Was macht dein Bein?, löcherte ich den in die Decke gehüllten Fremden und hoffte auf ein Antwort.

Doch der Junge gab mir keine Antwort, er schaute nur mit weit aufgerissenen Augen und ängstlichem Blick.

„Ey kannst du nicht sprechen?", sprach Peter energisch.

„Na, das werden wir noch sehen!, fuhr er fort.

„Beruhige dich mal, so kommen wir nicht weiter", mischte sich Harald ein.

„Er braucht was zum Essen. Peter, da du deinen

Rucksack dabei hast, denke ich, dass wir auch was zu essen hier haben?", sagte Harald weiter.

„Ich. Ja, aber nur eine Kleinigkeit, das wird wohl nicht für alle reichen!", versuchte Peter sich und sein Proviant zu verteidigen.

„Stell dich nicht so an, gib schon her, du wirst es überleben", sagte Harald zu Peter.

Widerwillig gehorchte er und kramte in seinem Rucksack und holte eine Leckerei nach der anderen hervor. Auch eine Flasche Limonade hatte er dabei. Ich muss schon zugeben, dass mir damals das Wasser im Munde zusammengelaufen war, aber dies ließ ich mir nicht anmerken.

„So, das dürfte bis morgen reichen", stellte Harald fest.

„Er ist verletzt am Bein, das sollten wir uns anschauen", sagte ich in die Runde.

„Wenn der uns lässt?", ergänzte Peter.

Ich ging vorsichtig zu dem Jungen und erklärte ihm, dass ich gerne seine Verletzung sehen würde, um den Verband zu wechseln. Ich hätte extra dafür alte, aber saubere Tücher von zu Hause mitgebracht. Dabei kramte ich in meinen Jackentasche und nahm zwei weiße Lumpen aus dem Taschen, um diese ihm zu zeigen.

Ich zog leicht an der Decke, um zu versuchen, ob er

mein Vorhaben tolerieren würde und war erstaunt, als er mit einem Ruck die Decke aufzog, um mir seine Beine zu zeigen. Ich setzte mich zu dem Jungen und löste vorsichtig den Verband, dabei musste ich mich beherrschen, da ich so etwas noch nie getan hatte und ich nicht wusste, was mich erwartete. Doch ich wusste, dass ich die Nerven behalten musste, da ich es war, der dies alles angezettelt hat. Ich war sichtlich erleichtert, als ich sah, dass es keine große Wunde war, sondern eher eine blau unterlaufene Schwellung, die aber bestimmt auch sehr schmerzhaft war.

Der Junge verzog keine Miene, obgleich man ihm doch anmerkte, dass er Schmerzen hatte. Eigentlich wusste ich gar nicht, was ich tat, ich machte einfach. Ich nahm die frischen Tücher und legte die vorsichtig um die Schwellung in der Hoffnung, etwas Gutes zu tun. Harald und Peter standen neben mir und bestaunten meine Arbeit.

„Wie geht`s jetzt weiter?", fragte Harald, während ich die letzten Handgriffe am Verband machte.

„Ich sag es meinem Vater, der wird schon herausfinden, wer das ist.", sagte Peter.

„Vielleicht ist es einer von „den anderen", vor dem mich mein Vater gewarnt hat. Einer von denen, die an allem schuld sind. Ja, ich glaube, der ist so einer, er sieht genauso aus", fuhr Peter fort.

„Wie sehen die denn aus? ", fragte ich.

„Na, genauso", antworte Peter sekundenschnell.

„Hast du schon mal so einen gesehen? ", fragte Harald.

„Ich, nein. Aber mein Vater", antwortete Peter.

„Und, wenn er nicht von denen ist, sondern einer von uns? ", fragte ich meine Freunde.

„Warum ist er dann hier? ", stellte Peter eine Gegenfrage.

Wir wussten nichts, gar nichts und versuchten dennoch das Richtige zu tun.
Zumindest glaubte jeder von uns, die Wahrheit zu kennen.

„Aha wusste ich es doch. Das wir Vater freuen. Da haben wir den Beweis", schrie plötzlich Peter auf und fuchtelte mit einem Stück Lumpen vor uns rum.

„Schaut hier, das hatte er am Arm, jetzt ist alles klar. Ich muss sofort nach Hause", fuhr Peter fort.

„Ach, wer weiß, wo er das gefunden hat und selbst wenn, was sagt das schon", riegelte Harald ab und war sichtlich irritiert, dass es wohl wirklich einer von „den anderen" war, aber das Gift der Schatten wirkte wohl noch nicht vollends in ihm, sodass er für sich noch kein Urteil fällte.

Ich wusste, dass ich etwas sagen musste, was Peter von seinem Vorhaben abringen würde und ich wusste, dass dies nicht leicht werden würde, da er von der Einstellung seines Vaters überzeugt war.

Da kam mir eine Idee.

„Was wäre, wenn wir ganz von vorne anfangen würden. Ohne voreingenommene Meinungen. Wenn wir einfach das in uns zulassen, was wir wirklich wissen und sehen. Was wäre, wenn wir Kindesland zu einem gerechten Ort machen würden und damit allen zeigen würden, dass wir machen was richtig ist", sagte ich zu meinen Freunden.

„Vater schlägt mich tot, wenn er das rausbekommt", antwortete Peter.

„Und, ich käme mir wie ein Verräter vor", ergänzte Harald.

„Nein Harald, du bist kein Verräter, denn dein Vater ist nicht wegen ihm gestorben", sprach ich zu Harald.

„Und wie soll das funktionieren?", fragte Harald.

„Wir machen eine Art Gerichtsverhandlung. Peter ist der Ankläger, ich der Verteidiger und du bist der Richter. Einer von uns wird dich überzeugen und ich weiß, du wirst dich richtig entscheiden", antwortete ich und ergänzte „dies muss aber unter uns bleiben. Wenn Harald am Schluss Peters Meinung ist, dann gehen wir zu Peters Vater und übergeben ihm den Fremden".

„Und, wenn nicht?", warf Peter ein.

"Dann lassen wir ihn wieder frei und er kann gehen, wohin er will", antwortete ich.

160

„Los lasst uns schwören, dass wir alles, was wir über den Fremden zu wissen glauben, neu denken werden. Dass wir nur das als wahr nehmen, was wir wissen und nicht was wir zu wissen glauben", stimmte ich feierlich ein.

„Ich schwöre".

„Ich schwöre".

„Ich schwöre".

An jenen Tag geschah etwas außergewöhnlich Gewöhnliches. Drei Menschen entschieden sich, selbst zu denken und das in einer Zeit wie gestern, heute und morgen.

Was wollte ich erreichen?

Ich denke, wir waren zu weit weg von allem, sodass wir nicht gänzlich eingenommen wurden. Ein Rest Menschenverstand war uns geblieben, unterstützt von Erziehung und Elternhaus, aber auch bei dem einen oder anderen unterdrückt von dem Gleichen.
Mensch zu bleiben, war das Ziel. Trotz unsres Alters, trotz verschiedener Vorgeschichten, gingen wir den Weg, den wir für richtig hielten. Es war eigentlich der Weg, den ich für richtig hielt und ich bin bis heute überzeugt, dass es eine gute Entscheidung war, wenngleich der Preis im Nachhinein hoch war.
Der Flecken, den wir „Kindesland nannten, machte all das erst möglich und lehrte mich eines.

Die unüberwindbarsten Grenzen passen immer zwischen ein paar Ohren!

Die kleine Insel wurde Schauplatz eines Widerstandes, dessen größte Waffe es war, unsichtbar zu sein, und wir wehrten uns gegen die, die uns instrumentalisieren wollten, indem wir uns erlaubten, selbst zu denken.

Kapitel 11
Die Verhandlung

Wir besprachen an jenem Tag, dass wir täglich zur Insel gehen würden. Das schien gar nicht so einfach zu werden, da Peter und ich zu Hause helfen mussten und Harald Unterricht hatte. Zwar hatte er nicht lange Nachmittagsunterricht, doch es brachte uns schon ein wenig in Bedrängnis. Doch jeder von uns wusste, dass es kein Zurück mehr gab, zumindest moralisch gab es keinen anderen Weg. Peter erklärte sich dazu bereit, für Verpflegung zu sorgen, er betonte dabei, dass er dies nur macht, damit wir selbst raus finden, dass sein Vater recht hat. Peter verköstigte aber auch gerne andere Menschen, Recht hin oder her.
So haben wir einen Plan geschmiedet, welcher uns ein großes Abenteuer bescherte und uns in den der folgenden Zeit viel abverlangte, dass alles in einer Katastrophe enden würde, konnte damals keiner ahnen.

Ich wollte gegen das Unrecht kämpfen, seine Schatten bezwingen und Seelen aus deren Klauen befreien. Doch wir kämpften nicht nur gegen die Schatten, nein, wir kämpften auch gegeneinander und nicht nur das Böse tötete, sondern auch wir haben getötet, nicht mit unseren Händen, sondern mit unseren Gedanken und dies ist das Unerträgliche.

Tag 1

...ich sehe was, was du nicht siehst

„Was seht Ihr, wenn ihr den Jungen anschaut?", fragte Harald.

Dabei schaute er uns ernst an, so wie ein Richter eben schauen muss. An diesem ersten Tag der Verhandlung kamen wir alle recht pünktlich von zu Hause weg. Harald konnte seinen Lehrer überzeugen, etwas früher den Unterricht zu beenden, Peter hatte sowieso relativ viele Freiheiten, wenn auch sein Vater die letzte Zeit aufpasste, mit wem er sich abgab, und ich konnte meine Eltern immer irgendwie um den Finger wickeln. So konnten wir am ersten Tag bei Zeiten anfangen und dies bestand darin, erst mal mit dem Fremden gemeinsam eine ordentliche Brotzeit zu machen. Dabei war es so, dass es für uns ja nur eine Zwischenmahlzeit war, aber für den Fremden lebensnotwendig, Harald und ich hielten uns daher mit dem Essen sehr zurück, doch Peter konnte seinen Futterneid kaum unter Kontrolle halten und stopfte mit dem Fremden um die Wette. Aber es war genug da und das Böse ahnte nicht, dass sein schwächstes Glied seinen vielleicht ärgsten Feind nährte.

„Ich sehe jemanden, der unsere Hilfe braucht, da er momentan alleine nicht zurechtkommt und wahrscheinlich schon nicht mehr leben würde, wenn wir ihn nicht hier versteckt hätten", antwortete ich als Erster auf die Frage von Harald und merkte, dass ich schon etwas dick auftrug.

„Und du Peter, was siehst Du?", fragte Harald und schaute Peter an.

„Ich sehe auch jemanden, der Hilfe braucht, aber ich weiß nicht, ob er die Hilfe verdient hat oder ob er bestraft werden muss. Ich traue dem Kerl nicht, er muss ja was gemacht haben, sonst würde er sich ja nicht verstecken", fauchte Peter und schaute den Jungen argwöhnisch an.

„Also sehen wir alle einen Menschen, der Hilfe braucht?", fragte Harald und stand dabei auf.

„Ja", antwortete ich.

„Ja, aber ...", antwortete Peter.

„Kein aber, Ja oder Nein? Der Rest kommt später", fiel ihm Harald ins Wort.

„Dann halt ja", antwortete Peter mürrisch.

"Gut, dann haben wir ja mal die erste Frage beantwortet und sind uns einig, dass wir hier jemanden vor uns haben, der jetzt in diesem Moment unsere Hilfe braucht. Egal aus welchen Gründen diese Notwendigkeit entstanden ist", sprach Harald und setzte sich zufrieden wieder hin.

Ich war beeindruckt, wie weltmännisch er das gemacht hat. Man merkte schon, dass er mal Freiherr werden würde oder schon war. Peter und ich schauten wartend zu Harald. Der saß, wie auch wir auf einem dicken Scheibe Holz , welche wir aus dem Wald geholt und zu Hockern umfunktioniert hatten und schaute auf den Boden vor sich.

„Und nun?", fragte ich nach einer Weile.

„Seid ihr euch überhaupt im Klaren, was wir hier tun? Ich bin mir jedenfalls nicht sicher. Schaut ihn euch an den Fremden, den Schurken, den Guten oder wie ihr ihn auch nennen mögt, er bleibt, was er ist, ein Mensch", sagte Harald, ohne seinen Kopf zu heben.

„Es nützt aber nichts. Egal, wie wir ihn nennen, wir entscheiden, was aus ihm wird. Ob wir wollen oder nicht", versuchte ich die beiden zu ermutigen.

„Du fragtest uns, was wir sehen. Ich sage dir, was ich jetzt sehe. Ich sehe ein Haufen Feiglinge, die sich nicht ihrer Verantwortung stellen wollen. Die sich lieber einer vorgefertigten Meinung anhängen. Aber ich sage euch mal was, ich will das nicht mehr. Ich will selbst denken, selbst entscheiden, selbst Fehler machen, wenn es sein muss, das will ich und das nenne ich ein Abenteuer. Nicht die verdammte Insel ist „Kindesland", nein, das ist nur eine Insel, „Kindesland" ist in euren Köpfen, dort existiert es und ob ihr mit geht oder nicht, ich werde darin auf Expedition gehen und seine Geheimnisse lüften", fuhr ich fort und merkte, dass ich wütend wurde.

„Du hast recht", sagte Harald.

„Ich beweise euch, dass ich recht habe", fügte Peter an.

„Überlegt euch bis morgen, was ihr noch seht", forderte Harald uns auf.

An diesem Tag beschlossen wir, nicht zu spät nach Hause zu kommen, da wir wussten, wenn wir es übertreiben würden bekämen wir Schwierigkeiten und unser Plan würde schief laufen. Wir gaben dem Jungen noch Proviant für die Nacht und gingen. Auch an diesem Tag sprach der Fremde kein Wort, keine Geste nichts, als sei er nicht da und dabei drehte sich alles um ihn. Jeder von uns war still auf dem Heimweg. Eine Stimmung aus Angst und Demut lag in der Luft, fühlten wir uns doch alle schuldig, aber auch ein bisschen wie Helden. Irgendwie verrückt, wir waren Freunde, die sich an jenem Spätnachmittag nicht mal mehr in die Augen sehen konnten und jeder nur noch nach Hause wollte.

Ein Halm macht noch keine Wiese,
ein Sandkorn noch keinen Strand.

Ein Tropfen, kein Meer und eine Brise keinen Sturm.

Ein Mensch macht keinen Frieden und auch keinen Krieg.

Doch ohne Halm gibt es keine Wiese,
ohne Korn, nie einen Strand.

Stetiger Tropfen macht das Meer
und viele Brisen einen Sturm.

Ein Mensch macht keinen Frieden,

doch viele könnten`s schon.

Ein Mensch macht keinen Krieg,
einen Krieg machen Menschen stets zusammen.

Wir sehen gern das Ganze liegt sein Glanz auch oft im
Teil.

Erkennen wir die Teile,
erkennen wir auch uns.

Den auch wir sind alle Teil,
vom Krieg und auch vom Frieden.

In jener Nacht lag ich noch Stunden wach und dachte
über das Erlebte nach. Damals wusste ich noch nicht,
wie alles enden würde. Aber was wäre gewesen, wenn
ich es gewusst hätte, welche Wahl hätte ich getroffen?

Tag 2
...und ich sehe noch mehr

Wieder trafen wir uns am Nachmittag an den großen
Bäumen bei den Wiesen. Peter hatte seinen Rucksack
dabei, dies bedeutete, er konnte wieder was zu essen
abstauben. Wir verweilten kurz im Schatten der Bäume
und machten uns dann schleunigst auf den Weg zur
Insel. Unterwegs versuchten wir immer wieder etwas
Normalität in den Tag zu bringen, unterhielten uns über
die Schule, die Ferien, Mädchen, doch unsere Gedanken
kreisten nur um den Fremden auf der Insel. Ich merkte,
dass Harald es vermied, mit uns jetzt schon darüber zu
sprechen, sobald jemand davon anfing, blockte er ab
und fing mit etwas anderem an. Wir respektierten dies

und versuchten bald gar nicht mehr von „der Sache" zu reden. Wir überließen das weitere Vorgehen Harald. An der Insel angekommen, setzten wir uns ins Boot und ruderten zu der Gleichen. Wie am Tag zuvor waren wir gespannt, ob der Junge noch da war. Als wir schließlich den verschlossenen Eingang sahen, konnte man spüren, dass jeder von uns erleichtert war. Der Junge saß immer noch in der Ecke, aber nicht mehr so hilflos wie am ersten Tag. Er saß schon etwas aufrechter, die Beine angezogen und mit beiden Armen umklammert. Sein Kopf leicht nach unten, schaute er vor sich hin und regte sich kaum, als wir kamen.

„So, dann wollen wir mal weiter machen", sagte Harald, als sei er unser Lehrer gewesen.

Peter und ich saßen uns auf die Holzscheiben und Peter packte erst mal die Lebensmittel aus. Ich merkte, wie gespannt der fremde Junge auf die Tasche von Peter starrte und kaum erwarten konnte, was daraus zum Vorschein kommen mag.
Er blieb aber weiter stumm, kein Wort war aus ihm heraus zu bekommen.
Ich schaute mir sein Bein mit der Verletzung an, welches schon erheblich besser aussah, aber immer noch etwas geschwollen und blau war. Dabei brauchte ich nur auf das Bein zu zeigen und der Junge streckte es ohne Murren zu mir. Das war aber auch schon die einzige Verständigung, die wir hatten.

„Wenn ihr fertig seid, würde ich gerne weitermachen", ermahnte uns Harald.

Wir gehorchten, wie wir es uns versprochen haben und schenkten Harald unsere ganze Aufmerksamkeit.

„Was seht ihr noch?", sprach Harald und schaute uns ernst an.

Ich wusste im ersten Moment nicht, was er meinte, ich sagte ihm doch, was ich sah und an Peters Blick merkte ich, dass auch er keine Ahnung hat, was gemeint war.

„Wir sehen eine hilfebedürftigen Jungen, mehr nicht. Doch ich will, dass ihr erkennt, was ihr sehen sollt. Was von euch verlangt wird, bewusst und unbewusst von euch verlangt wird. Nur dann tun wir am Ende das Richtige", fuhr Harald fort.

Es wurde ruhig im Versteck, ich überlegte, worauf er hinaus will und plötzlich fiel es mir ein.
Ich erinnerte mich, dass ich Harald von dem Kunstprojekt meiner Mutter erzählte und er sehr interessiert daran war. Ich wunderte mich damals noch, warum er sich so dafür interessierte, aber ich dachte nicht weiter darüber nach. Das Erzählte geriet in Vergessenheit, bis zu jenem Tag, an dem Harald es uns wie ein Spiegel vor hielt. Für mich war es ein seltsames Gefühl, es war, als stehle mir Harald etwas, als hätte ich meine Mutter verraten, sehr seltsam und doch war ich stolz, dass er sich so daran erinnerte.

„Ich sehe jemanden, der vor denen wegläuft, ähnlich wie es meine Familie tat. Jemanden, der nichts Böses im Schilde führt, da es keinen Platz mehr für noch mehr Böses gibt. Gegen „die" ist alles andere gut, kam es aus mir.

„Siehst du, das wollte ich in dir wecken. Ich meine nicht das, was du gesagt hast, nein, ich meine den Unterschied den du beschrieben hast. Den Unterschied zwischen Sehen und Werten, dort müssen wir hin", antwortete Harald zufrieden.

„Ich sehe gar nichts, ich weiß, dass wir einen Schurken beherbergen, der ist nicht sauber, das sag ich euch," schimpfte Peter.

„Aber woher weißt du das, Peter?", fragte Harald.

„Na von Vater und der weiß es von denen, da gibt es Beweise. Wenn man sich da etwas auskennt, sieht man es direkt", antwortete Peter.

„Woran erkennst Du denn den Schurken", fragte ich Peter.

„Ganz einfach. Man erkennt es, äh, ja genau, ich erkenne es am,äh, ach das merkt man doch am ganzen Verhalten," verteidigte er sich.

„Wir müssen den Unterschied zwischen sehen, glauben und wissen erkennen", sagte Harald und fügte an,"Nur, dann können und dürfen wir urteilen".
Langsam ging auch dieser Tag zu Ende und wir machten uns wieder auf den Weg nach Hause. Kaum waren wir von der Insel unten, merkte ich eine innere Anspannung, den es war nicht so einfach, wie ich am Anfang gedacht habe.

Einem Menschen helfen zu wollen, bedeutet oft auch, gesellschaftliche Grenzen zu übertreten. Jede Zeit hat solche Grenzen, mal höhere, mal niedrigere. Doch im Grunde befindet sich ein jeder von uns immer in gesellschaftlichen Grenzen und nur der Mutige lässt diese hinter sich.

An diesem Abend war ich aufgewühlter denn je, ich wusste nicht, was ich glauben sollte. Wenn meine Eltern recht hatten, konnte Peters Vater kein Recht haben. Doch wenn der Wirt recht hatte, dann irrten meine Eltern. Wir wussten aber nur das, was wir gesagt bekamen. Das Einzige, was wir wirklich wussten, war, was wir sahen. Wenn wir einfach danach gehandelt hätten, nach dem was wir sahen, dann wäre alles einfacher gewesen, einfach hätte aber nicht unbedingt richtig bedeutet, doch wir konnten es eh nicht, da die Wertungen von anderen in unseren Köpfen eingebrannt waren.

Tag 3
….die Metzgerfahrt

"Heute Mittag musst du mir beim Ware verkaufen helfen", sagte Vater am Frühstückstisch.

„Aber ich muss doch Peter bei den Aufgaben helfen", widersprach ich.

„Das muss halt warten, wir müssen Eier und Milch in den Laden bringen. Oder willst du, dass die Waren verderben?", ermahnte mich Vater.

„Natürlich nicht", verteidigte ich mich.

In der Schule sagte ich Peter, dass ich heute erst später zum Versteck kommen kann und er doch schon mit Harald vorgehen soll. Ich vertraute meinen Freunden und wusste, dass sie sich gut um unseren Besucher kümmern würden.

Nach der Schule ging ich auf direktem Weg nach Hause, da ich wusste, dass Vater auf mich wartete. Als ich vom Feldweg zu unserem Hof abbog, sah ich auch schon Vater den Wagen beladen. Ohne viele Worte zu verlieren, legte ich meine Schultasche zur Seite an den Stamm des Apfelbaums und griff nach einer Kiste mit Salaten, welche wohl auch verladen werden sollten und vor mir auf dem Boden stand.
„Na, wie war es heute", fragte er. Dabei zog er sein nicht mehr ganz so weißes Taschentuch aus der Hose und tupfte sich seine Stirn damit ab. Ich denke, Vater fragte nicht unbedingt aus Interesse, sondern eher um eine kleine Pause machen zu konnte.

„Gut, wie immer halt", antwortete ich, nachdem ich die Kiste auf die Ladefläche gehievt hatte.
„So, ich denke, das war alles, lass uns fahren" sprach Vater, der inzwischen seine kleine Pause beendet hatte und letzte Handgriffe am Wagen machte.

So fuhren wir, wie schon so oft, ins Dorf, vorbei an Feldern, Wiesen und Bäumen. Ich sah alles schon tausendmal und doch war es immer neu. Der Wind, die Sonne und die Wolken formen die Landschaft täglich neu. Kein Tag gleicht dem anderen und doch war alles vertraut. Heute denke ich, genau dies Gefühl, welches ich damals hatte, macht das Wort Heimat aus.

Als wir endlich am Dorf ankamen und auf der Hauptstraße fuhren, sahen wir vor dem Gasthaus eine Menschenmenge stehen, ein wildes Durcheinander an Gesten und Wörtern ließ uns aufhorchen und die Neugierde trieb uns direkt von unserem Wagen zu dem Getümmel.

Dort angekommen verstanden wir zunächst nicht, um was es ging, doch schon bald konnte Vater sich in eines der zahlreichen Gespräche mischen und nachfragen. „Was ist denn?", fragte er zwei ältere Herrn, die neben uns standen.

„Ach, die haben den Metzger geholt, den Bruder vom Stenzel, den Bekloppten", antwortete einer der Alten und winkte dabei mit seinem rechten Hand ab.

„Aber warum das denn, hat er was ausgefressen?", fragte Vater weiter, obwohl er wusste, dass der Kerl einiges auf dem Kerbholz hatte.

„Die bringen ihn in eine Heilanstalt, sagten sie. Um ihm zu helfen. Ich sag Euch, der kommt nicht wieder. Dem Neffen meines Schwagers passierte das Gleiche, dem wollten Sie auch helfen. Nie wieder hat man was von dem gehört", antwortete der zweite alte Herr.

Vorne an der Treppe stand der Wirt, ein Fuß samt Pantoffel auf der ersten Stufe und seinen massigen Oberkörper auf den Ellenbogen stützend über dem Geländer hängend, welches wahrscheinlich vorher schon diese langgezogene Delle hatte, die mir aber erst an jenem Tag aufgefallen ist.

Mit hochrotem Kopf unterhielt er sich mit dem Pfarrer, der vor der Treppe bei ihm stand. Ich verstand nur Bruchstücke des Gespräches. Wild schnaubend nach Luft machte Holger Stenzel seinem nicht zu verbergenden Kummer Luft und immer wieder fielen die Worte „der kommt bald wieder, die helfen ihm". Diese hoffnungsfrohen Worte passten nicht zu dem Bild, welches der Wirt dazu abgab, und nicht nur mir kamen Zweifel, ob es sich wirklich um eine Art Hilfe handelte. Eine seltsame Situation für einen Jungen wie mich. Mein Horizont reichte nicht aus, um mir Schlimmeres vorzustellen, obgleich ich wusste, dass es Schlimmeres gab. Aber der Wirt gehörte zu „denen", also warum sollten sie seinen Bruder verschleppen? Ausgerechnet ihn, der doch eifrig drauf schlug, wenn es ihm sein Bruder befahl, er gehörte doch auch zu „denen".

„Den stecken sie in die Irrenanstalt", hörte ich neben uns einen Alten murmeln.

„Das können Sie doch gar nicht beurteilen", mischte sich Vater ein.

"Ach, was wissen sie denn schon", wehrte sich der Herr und drehte sich von uns ab.

Im selben Augenblick sah ich Peter hinter dem Pfarrer auf der Treppe sitzen. Sein Kopf im Schoss, umklammert mit seinen Armen. Ohne zu zögern ging ich zu ihm, wenn es mir auch nicht ganz wohl dabei war, da ich an unserem Lehrer vorbei musste und er immer für eine Klatsche gut war. Doch wahrscheinlich war ich mir damals sicher, dass er es nicht wagen

würde, da zu viele Leute, auch mein Vater, um uns standen.
Ich setzte mich neben meinen Freund und sagte erst mal nichts. Ich wollte ihm nur zeigen, dass ich für ihn da war. Wenn er reden wollte, würde er es schon tun, dachte ich mir.

Und so kam es auch.

„Mein Onkel ist weg", sprach Peter, ohne den Kopf zu heben, als ober er spürte, dass ich es war.

„Die haben ihn geholt, einfach so. Er saß in der Gaststube neben auf seinem Platz und die kamen und zerrten ihn aus dem Lokal", fuhr er fort.

Ich sagte nichts. Ich wusste auch nicht, was ich darauf hätte antworten können.
Es blieb nicht lange still.

„Einer von denen ging zu Vater, grüßte ihn und gab ihm ein Blatt Papier. Vater las und schlug seine Faust samt Papier auf die Theke, an der er stand. Er schlug so fest, dass ein Glas, das daneben stand, etwas abhob und umkippte. So böse sah ich ihn noch nie" raunte Peter, der während er sprach, seinen Kopf hob und mich anschaute.

Die Augen glasig, zwei Rinnen im Gesicht formten sich Ihren Weg über seine Backen. Die Tränen säuberten auf Ihrem Weg nach unten die staubig Wangen eines Buben am Rande der Welt, der gerade einen geliebten Menschen verlor, unbewusst wissend ihn nicht wieder zusehen. Genommen von „denen", an die er glaubte.

Genommen von „denen", die sein Vater doch so sehr bewunderte und denen er nacheiferte. Jetzt schnitten sie ein Stück Liebe, Vertrauen, Geborgenheit aus einer Ihrer Vorzeigefamilien, als wäre es ein Stück Ton, welches man nach Lust und Laune formen könnte. Doch ein Mensch scheint sich zu arrangieren, immer wieder, bis es passt, bis er weiter leben kann. Viele Stücke kann man aus seinem Leben schneiden, solange der Köder schmackhaft bleibt und das Versprochene größer als jeder Verlust zu scheinen mag, bleibt er und gehorcht.

Das ist das Gift des Bösen, damit Locken sie die Lämmer zur Schlachtbank mit dem süßen Duft der Macht, der Anerkennung und dem Irrglaube, über andere stehen zu können.

Und über all den Dramen zu jeder Zeit summen ihre Gedanken ...

„...so schlimm wird es schon nicht werden ...".

Oh Scheiße, schoss es mir durch den Kopf, als ich hörte, dass die alte Dame viermal schlug.

„Ich muss los, Peter. Vater wartet, wir müssen noch abladen", sprach ich zu Peter.

„Ja, ich weiß, geh nur. Ich bleib bei meiner Familie", antwortete er und legte seinen Kopf zurück in seinen Schoss, als könnte er so das Erlebte ungeschehen machen.

„Bleib stark, denk an unser Versprechen, ich verlass

mich auf dich".

„Ja, ja, ich steh zu meinem Wort", hörte ich aus dem Schoss heraus.

Ohne ein weiteres Wort, aber mit einem sanften Schlag auf Peters Schulter ging ich die Treppe hinunter, am Schulsadisten vorbei durch eine kleine Gruppe immer noch aufgeregte Dorfbewohner zu Vater, der mittlerweile zurück zu unserem Wagen gegangen ist. Als ich auf ihn zuging, sah ich, dass es ihn bewegte. Er hatte mit dem Kerl nie was zu tun gehabt, aber er war nachdenklich.
Wir stiegen auf den Wagen und fuhren das kleine Stück zum Laden. Wir luden ab, kauften ein und fuhren wieder. Nichts Besonderes! Denn das Herz des Ladens war weg, jetzt ging es nur noch ums Geschäft, auch auf Schokolade hatte ich kein Lust mehr, denn sie würde bitter schmecken.

„Las mich hier runter, ich muss noch zu Harald", rief ich zu Vater, als wir an der Wiese waren, an der unser Weg von der Straße bog.

"He", stöhnte Vater, der mich nicht richtig verstand, da die Eisen auf den Rädern auf der Straße kratzten, als wollten sie tausend Stücke aus ihr
schneiden.

„I-C-H M-U-S-S N-O-C-H Z-U H-A-R-A-L-D", schrie ich ihm laut und langsam ins Ohr.

„Schrei doch nicht so, ich lass dich ja runter. Komm, aber bald nach Hause", schrie Vater nicht ganz so laut zurück.

Ich nickte und sprang schon vom Bock, da stand der Wagen noch nicht. Ich lief über die Wiese zum Waldrand, den ganzen Weg, so wie ich ihn schon oft gelaufen bin.
Ich hoffte, dass ich Harald noch erwische, bevor er die Insel verlassen hatte, da ich den Fremden noch gerne gesehen hätte. Ich beeilte mich, wie ich nur konnte und ich hatte Glück. Als ich zur Insel kam, war Harald noch nicht auf der Insel, sondern saß am Ufer und spielte mit einem langen Grashalm so vor sich hin. Mit großen Schritten rannte ich zu ihm, da ich mir dachte, dass er ziemlich wütend war. Er hatte ja ungefähr zwei Stunden warten müssen, ein Wunder, dass er überhaupt noch da war.

„Hallo Harald entschuldige die Verspätung, aber du wirst nicht glauben, was passiert ist, hechelte ich ihm zu.

„Du hast ja gesagt, dass du später kommst. Aber Peter ist nicht gekommen. Ärgerlich, ich warte hier schon 3 Stunden und keiner kommt. Wenn ich gewusst hätte, dass ich hier versaure, wäre ich lieber mit Großvater zum Viehmarkt gefahren", fauchte Harald mich an.

„Was ist den passiert?", fügte er kleinlaut hinzu.

„Lass uns erst drüben nach dem Rechten sehen, nicht dass etwas mit dem Fremden ist", vertröstete ich meinen Freund.

„Ja, denke ich auch. Ich habe die ganze Zeit nicht das kleinste Geräusch gehört", klärte Harald mich auf.

Ohne weiter Zeit zu verlieren, kletterten wir in das Boot und ruderten rüber zur Insel. Drüben angekommen, gingen wir zum Versteck und ich war erleichtert, als ich sah, dass das Eingangsloch noch verschlossen war, denn Harald machte mir ein wenig Angst, als er sagte, dass alles so still war.
Harald öffnete das Loch und ich krabbelte als Erstes durch. Meine Augen brauchten wie immer ein wenig, um sich an die Dunkelheit zu gewöhnen, doch dann sah ich, dass der Fremde auf einer dicken Holzscheibe mit einem Ellenbogen auf einer Kiste und der Faust am Kinn stützend saß und dass sein Blick das erste Mal auf mich gerichtet war. Ich hörte hinter mir, wie Harald aus dem schmalen Loch kroch und sich hinter mich stellte.

„Na, der sieht ja schon wieder ganz gut aus", urteilte Harald und klopfte sich dabei den Dreck von der Hose.

„Ja, ich denke er ist bald wieder bei Kräften, um", ich sprach nicht fertig, denn mir stockte der Atem.

Um was?
Zu gehen?
Wohin?

Mir wurde damals genau in diesem Moment bewusst, was wir eigentlich taten. Mir wurde bewusst, dass wir uns gegen alles stellen, was Gesetz war.
Mir schoss durch den Kopf ....
...Was wäre, wenn der Fremde einer von „denen" ist?

Wir hätten ihn seiner Freiheit beraubt und warum? Weil wir dachten, einen Menschen verstecken zu müssen, der von „denen" gejagt wird?
Und was wäre, wenn er wirklich jemand ist, der nicht sein darf? Dann wären wir ja für „die" noch größere Verbrecher?
Wir mussten herausfinden, wer er war. Obwohl es nichts geändert hätte, denn für „die" wären wir so oder so schuldig gewesen.
Aber heute denke ich, dass es sowieso keine Rolle gespielt hätte, denn wir mussten unsere Entscheidung selbst treffen. Wir mussten mit uns kämpfen, jeder für sich und mit sich, um das zu tun, was wir für richtig hielten. Denn all die Geschichten, Weisheiten, Ansichten und Regeln, die uns die Alten erzählten, waren nur Schall und Rauch. Von den einen genauso wie von den anderen. Denn jede „Wahrheit" war getränkt vom Willen dessen, der sie erzählte, und wir wollten uns nicht dem Willen anderer beugen.

„Zu erzählen, wer er ist", beendete ich doch noch meinen Satz.

„Ja, dann hoffen wir mal, dass er dies auch macht", führte Harald fort und fing an, den Verband des Fremden zu lösen, um sich sein Bein anzuschauen.

Ich nahm zwischenzeitlich etwas Brot und Wasser aus meiner Tasche, die ich schon den ganzen Nachmittag mit mir trug.

„Du wolltest mir doch noch was erzählen", sagte Harald.

„Ja, du glaubst nicht, wen die heute abgeholt haben",
fing ich an.

"Wer hat wenn abgeholt?", fragte Harald neugierig.

„Na, wer schon. „Die" waren, das, sie schickten ihre
Schatten, um den Onkel von Peter zu holen. Sie wollten
ihm helfen, hieß es. Aber er wollte nicht, er wehrte sich
und schlug um sich, erzählt man sich", berichtete ich
meinem Freund.

„Aber warum das denn?" fragte Harald.

„Der war doch beim Wirt gut aufgehoben. Da stimmt
doch was nicht, wenn die schon ihre eigenen Leute
holen", fügte er hinzu.

„Schweinereiter, Schweinereiter, hahaha", diese Worte
und heiteres Gelächter füllten den Raum, ausgehend
von dem fremden Jungen. Er beruhigte sich kaum, war
er doch sichtlich über das Gesprochene amüsiert und
immer wieder sagte er Schweinereiter. Seltsam, erst
sprach er tagelang nichts, beachtet uns nicht einmal
und dann, plötzlich reicht ein Wort, um ihn zum Leben
zu erwecken.
Harald und ich schauten uns an. Woher konnte der
Fremde wissen, wie die Dorfbewohner den Metzger
riefen, wenn er nicht da war. Jede im Dorf kannte den
Spitznamen, der durchaus etwas abfällig gemeint war.

Die Geschichte vom Schweinereiter
der Wirt im Ort war ein großer, kräftiger Kerl, mit dem
nicht zu spaßen war. Geriet man mit ihm aneinander,
musste man schon acht auf sich geben. Doch noch

181

größer und noch kräftiger war des Wirtes Bruder. Auch er war leicht zu reizen und wenn man ihn böse machte, war er nicht mehr zu bändigend. Der Bruder des Wirtes war Schlachter von Beruf, er arbeitet im großen Schlachthof in der Stadt. Der Schlachthof war ein wunderschönes Sandsteingebäude mit reichlich Verzierung und Geschnörkel, als sei ein König dort zu Hause und nicht der Tod.

Dort in der großen Schlachthalle, mit gusseisernen Trägern, gewunden und gedreht bis zur Decke und dieselbe herrlich gewölbt, sodass sie mehr einer Kathedrale als einem Schlachtraum glich, arbeitet der Metzger. Tag ein Tag aus. Er schlug mit dem großen Hammer unzählige Schweineköpfe platt, damit andere ihnen danach die Kehle durchschneiden konnten. Er schlug und schlug, bis das Blut nur so spritze und dabei schaute er dem armen Getier so oft er konnte in die Augen. Ihr ängstlicher Blick, den eigenen Tod vorausahnend, erfreute ihn immer wieder auf das Neue. Sie schauten zum Schlächter hoch, als hofften sie auf Gnade, Gnade, die von ihm nicht zu erwarten war. Am Abend war die Halle rot vor Blut, die weißen Kacheln bis zur Decke getränkt in Hoffnungslosigkeit. Die Jahre vergingen, die Angst der Tiere nie. Doch sie nahmen Rache, wenn auch nicht bewusst, denn sie stahlen dem Metzger seinen Verstand. Im Laufe der Zeit, ganz langsam, wurde er selbst zum Schwein, welches er schon immer war. So kam es, dass er nicht mehr im Schlachthaus arbeiten konnte und am Tische seines Bruders auf dessen Gnade hoffen musste.

Er machte sich nützlich und schlachtet ihm das ein oder andere Tier, auch für die anderen Dorfbewohner tat er dies gelegentlich ganz wie es sein Verstand ihm noch erlaubte. So kam es, dass er für einen Bauern ein Schwein schlachten sollte. Groß und kräftig war das Tier, so wie der Henker selbst. Auf des Bauers Hof standen sich der Metzger und das Schwein gegenüber. In der Hand des Schlächters der dicke Hammer, wartend auf den richtigen Augenblick. Dann, der Moment schien perfekt, hob der Metzger den Hammer weit nach oben und donnerte mit ganzer Wucht auf des Schweines Kopf. Dieses sackt sofort nach unten, als ob es schon gestorben sei.

Der Schlachter, sich sicher, sein Handwerk auch diesmal beherrscht zu haben, beugt sich über das Tier, den Hammer vorher abgelegt und das Messer aus dem Gürtel gezogen, um dem Schwein den Hals aufzuschneiden. Das Messer schon angesetzt, sprang das Tier plötzlich auf und mit dem Metzger auf seinem Rücken galoppierte es über den Hof. Alle fingen an zu lachen, auch der Metzger genoss den Ritt. So drehte das Schwein seine Runden und der Metzger vollendete seine Tat.
In vollem Lauf schnitt er dem armen Tier den Kopf ab. Doch es fiel nicht um, das Schwein, nein, es lief weiter und weiter. Auf ihm der Metzger, lachend, in einer Hand das Messer, in der anderen, des Tieres Kopf auf dem er ritt.

„Vielleicht kommt er hier aus der Gegend?" fragte ich Harald und schaute ihn dabei an.

„Ich hab den noch nie hier gesehen", grübelte Harald.

Ich packte das Brot vor dem Jungen aus und schob die kleine Flasche Wasser zu ihm.

Harald war zwischenzeitlich mit dem Abnehmen des Verbands fertig und sagte zufrieden. „Da ist nicht gebrochen, die Schwellung ist fast weg. Den Verband brauchen wir nicht mehr."
Zu dritt saßen wir nun um den kleinen Tisch, welcher eigentlich eine Kiste war. Harald und ich fragend still, der Fremde wieder in sich gekehrt, scheinbar unnahbar. Wie soll das noch weitergehen, schoss es mir durch den Kopf.

„Morgen kommen wir wieder", unterbrach Harald meine Gedanken uns stand auf.

Ich folgte ihm und fügte nichts mehr hinzu. Als wir aus dem Loch gestiegen waren, sicherten wir die Luke besser als je zuvor. Wir wussten, dass es dem Knaben besser ging und wollten kein Risiko eingehen.

„So, das soll reichen", sprach Harald, als er die letzten Handgriffe tat.

Nun machten wir uns auf, um schnell nach Hause zu kommen, da wir wussten, dass wir schon erwartet werden würden. Wie so oft, lag ich auch in jener Nacht lange wach und überlegte, woher der Fremde wohl kommen mag, wer er ist, wer seine Eltern sind und warum er wohl alleine unterwegs ist.

Tag 4
Verzweiflung ...

„Heute Mittag treffen wir uns zeitig an der Wiese und bring mal was Anständiges zu Essen mit", flüsterte ich Peter ins Ohr, während unser Lehrer an der Tafel schrieb.

„Na, Na, was hör ich da. Da ist wohl jemand schon allwissend und brauch keinen Unterricht mehr?", fauchte der Lehrer, ohne sich umzudrehen.

Schleunigst drehte ich mich von Peter weg und schenkte dem Pauker meine ganze Aufmerksamkeit, denn ich wusste zu was er in der Lage war.

„Na geht doch", murmelte es von der Tafel.

Der Morgen ging vorbei, so wie schon viele davor. Wir saßen unsere Pflicht ab und waren mit Gedanken sowieso wo anders. Nach der Schule gingen wir nach Hause, damit unsere Eltern beruhigt waren und Peter noch Proviant besorgen konnte.
Ein, zwei Stunden später trafen wir uns dann unter den Bäumen an der Wiese. An jenem Tag brannte die Sonne nur so vom Himmel und jeder Schatten wurde zur Abkühlung genutzt. Ich war als Erster dort. Ich saß mich unter eine dicke Weide mit dem Rücken an den Stamm und schaute in die Gegend. Es war wunderschön, ich spüre heute noch den zarten Wind der über meine nackten Arme, Beine und über mein Gesicht wehte. Er kühlte mich auf angenehmste Weise und das melodienhafte Rauschen der Blätter über mir beruhigte mich so sehr, dass ich fast eingeschlafen

wäre.

„Da sitzt er und schläft", diese Worte von Harald rissen mich aus meine Wonne und erschreckten mich etwas.

„Was heißt hier schlafen, ich denke!", antwortete ich schlagfertig.

„Ach so, das sage ich auch immer „, konterte Harald.

„Wo ist Peter?", fragt er.

„Ich weiß nicht, er will aber auf jeden Fall kommen", gab ich zur Antwort.

„Hier bin ich doch schon. Ich sagte doch, dass ich komme", hörten wir Peter, bevor wir ihn eigentlich sahen.

Ein kurzes Gelächter brach aus. Ach, es hätte doch so unbeschwert sein
können, wenn ...

Wenn was?

Diese Frage stelle ich mir sehr oft.

Das Übel war in jeder Zeit groß und stark, doch man sah es nicht, man sah meist nur seine Schatten und deren Auswirkungen. Es existierte, aber weit weg. Und trotzdem gelang es ihm, bis in den kleinsten Winkel vorzudringen. Eine besondere Macht des Bösen war es, die menschliche Fähigkeit des Wertens zu manipulieren.

Wir Mensch erwarben irgendwann die Möglichkeit, Erlebtes zu speichern und bei Bedarf abzurufen.

Doch wir bekamen auch die Gabe, solche Ereignisse zu bewerten, ihnen Wichtigkeit zu verleihen und da setzten „sie" an. „Sie" waren Meister der Manipulation, aber auch Meister im Verbreiten von Angst. Leider sind Menschen nicht besonders gut darin, Gefahren, deren Auswirkungen sie sich nicht gänzlich vorstellen können, einzuschätzen. So banal es klingt, bei aller Wissenschaft, aller Erfahrung und all den Fehlern, aus denen wir eigentlich lernen sollten, beschreibt folgender Satz unser Wesen wohl am besten.

- So schlimm wird`s wohl nicht werden - Auch heute, weit weg vom Kindesland, gilt dieser Satz immer noch. Wir werten immer und überall und darum, so denke ich, erkennen wir nicht die Lüge, die in dem Satz steckt. Wir erkennen nicht die Wahrheit, da wir uns im Verstand ein Konstrukt von Werten aufgebaut haben, welches alles zerstört, was nicht dazu passt. Der revolutionäre Gedanke wird im Keime erstickt und das Überleben eines solchen Gedankens wird immer schwieriger. Die Manipulatoren sind heute andere, doch anders heißt nicht besser oder weniger. Nein, nur andere.
So schlimm wird`s wohl nicht werden, hilft auch zu überleben, denn es steckt auch Hoffnung drin.
Doch wenn aus Hoffnung Lüge wird, dann wird aus Gut Böse.
Wir verweilten noch einen kurzen Moment unter den schattenspendenden Bäumen, bevor wir zu unserem Ziel aufbrachen. Wir gingen über die große Wiese, der Duft des Grases stieg in meine Nase, die Sonne brannte auf mein Gesicht und ich spürte die Wärme, die vom

Boden aufstieg. Keiner sagte etwas, jeder von uns schien in Gedanken gewesen zu sein. Wir gingen in den Wald, über altbekannte Wege bis zur großen Hecke, die wir ohne Murren durchquerten und schließlich standen wir am Ufer vor uns das Ziel.
Peter nahm auf einen kleinen Hügel, der zwischen Uferböschung und Dickicht lag, Platz und war sichtlich geschafft vom Weg.

„Ich hab noch nichts von meinem Onkel gehört, wir wissen nicht mal, wo er ist. Was haben „die" nur mit ihm gemacht", sprach Peter leise vor sich.

In seiner Stimme lag das erste Mal ein Hauch von Zweifel an seines Vaters Göttern.

„Ihm geht`s bestimmt gut" versuchte Harald unseren Freund zu beruhigen.

"An all dem ist nur der Schuld", schrie Peter plötzlich und schaute rüber zum Kindesland.

„Vater sagt wenn „die" nicht wären, dann wäre alles gut", fügte er hinzu.

"Wer sind „die" denn?", fragte ich neugierig.

„Na, alle. Alle, die anders sind. Die stören nur, sagt

Vater", klärte Peter mich auf.

„"Die einen", „die anderen", keiner von uns hat jemals einen gesehen, weder „die" noch „die" und trotzdem sind sie überall. Ich versteh gar nix mehr. Wenn Vater doch nur da wäre", sagte Harald etwas verzweifelt.

„Peters Vater ist doch einer von denen", stellte ich fest.

„Ich weiß nicht? Vater macht was die wollen, aber er sagt nie „wir" immer „die", antwortete Peter.

„Und deine Eltern sind die von den anderen?", schaute Peter mich fragend an.

„Die sind anders als „die", aber auch nicht wie „die". Irgendwie ... keine Ahnung", gab ich mir fast selbst die Antwort, die ich suchte.

„Was ist mit deiner Familie? Zu wem gehört Ihr. Dein Vater starb doch für „die"? fragte Peter nun auch Harald.

„Nein, der starb für unser Land, sagt Großvater. Mutter sagt, er starb umsonst. Keiner sagt, er starb für „die"", gab Harald zur Antwort und ich spürte, wie er nach Fassung rang.

Eigentlich waren wir ahnungsloser denn je. Die Welt schien aus unsichtbaren Grenzen zu bestehen, in denen wir uns bewegen mussten, ob wir wollten oder nicht. Wir setzten mit unserem kleinen Ruderboot zu unserem Land über. Dort sollten nur sein, was man sah, was man verstand, keine Illusion, keine Lügen, doch die Lüge war in unseren Köpfen und sie schien unseren Verstand zu umgarnen.

Wir gingen den kurzen, geschlungenen Pfad über die Insel zu unserem Versteck.

Plötzlich schrie Harald, der vorne ging, auf „Mist, die Klappe ist offen, der ist bestimmt weg!"

Hastig krabbelten wir in das Loch hinein und tatsächlich der fremde Junge war verschwundenen. Ich lies mich auf eine Baumscheibe sacken, genau wie Peter, Harald lehnte gegen die Wand in der Ecke.

„Und nun", frage Harald und schaute dabei auf den Boden.

„Keine Ahnung", antworte ich und schaute zu Peter.

„Jetzt sind wir reif", prophezeite dieser.

Ohne einen Schimmer, wie wir uns weiter verhalten sollten, saßen wir noch lange in dem Versteck und schwiegen uns an.

Was war nur passiert?

Wir waren drei Jungs aus verschieden geprägten Elternhäusern. Wir waren ständig auf der Suche nach Abenteuer und Erlebnissen, welche uns etwas Abwechslung bringen sollten. Vielleicht dachten wir zunächst, es würde sich um ein Spiel handeln oder gar eine gute Tat. Das war es auch irgendwie, haben wir doch einem Verletzten geholfen. Doch wir halfen dem Jungen nicht nur, sondern vielmehr benutzten wir ihn, um uns von unseren Eltern und deren Ansichten zu lösen oder um ihnen vielleicht auch näher zu kommen. Das galt es damals heraus zu bekommen. Leider auf die Kosten des jungen Fremden. Wir dachten, dass wir ein salomonisches Urteil finden würden, bei dem wir alle

Helden geworden wären. Doch die Wirklichkeit lehrte uns etwas anders. Wir lernten, dass Wahrheit existiert. Doch nicht in uns Menschen, sondern um uns Menschen. Um uns existieren die Manifestationen der Gedanken, die in uns Menschen reiften. In uns wird aus „Lüge", „Wahrheit" und zwar wenn ein Gedanke sich in unserer Umwelt manifestiert.

Die Wahrheit war damals, dass wir einem Menschen Unterschlupf und Nahrung gaben, damit seine Wunden heilen konnten. Die Wahrheit war aber auch, dass er gegangen ist, ohne unser Urteil abzuwarten.

So einfach ist Wahrheit.

Die Lüge war, dass wir werteten, ohne das wir etwas über ihn wussten und uns von Illusionen anderer leiten ließen.

Wir werten, vergleichen, kombinieren und kommen oft erst durch die Lüge zur Wahrheit. Dies ist der Motor, den wir Menschen brauchen, um voranzukommen, doch wie alles hat auch dies zwei Seite. Der Antrieb den wir brauchen um uns weiter zu entwickeln, kann auch ins Verderben führen.
Jeder Krieg, jedes Unrecht baut auf einem Gedanken, welcher in irgendeiner Form zur Wirklichkeit wurde.

Nach einer gefühlten Ewigkeit wurden wir von Harald aus unserer Schockstarre gerissen.

„Wir müssen ihn finden, wenn nicht war es das für uns", sagte er.

„Der ist bestimmt über alle Berge", entgegnete Peter.

Ich sagte nichts. Ohne weiter Zeit zu verlieren,
verließen wir die Insel und machten uns auf die Suche.

Stundenlang suchten wir im weiten Radius um die Insel
nach irgendeiner Spur, ohne Erfolg.

Nichts!

Wie vom Erdboden verschwunden. Wie wenn er nie da
gewesen sei. Ein seltsames Gefühl machte sich in mir
breit. Sollten wir alles vergessen können, tun als sei nie
etwas gewesen. Das wäre doch das Beste für alle.
Wenn es doch nur so einfach hätte sein können.
Bis Sonnenuntergang suchten wir den Wald und die
umliegende Wiesen und Felder ab. Dann, wir waren alle
drei erschöpft, gar kraftlos, gaben wir auf.

„Lass uns aufhören zu suchen, das hat keinen Sinn
mehr", sagte ich zu meinen Kumpels.

„Wir vergessen die Sache. Morgen gehen wir zum
Versteck und vernichten alles, was an Ihn erinnert und
wir machen als sei nie etwas gewesen", meinte Harald
und schaute uns an, besonders ernst blickte er zu Peter.

„Hmm, was bleibt uns sonst übrig", antwortet Peter und
sah dabei sehr unglücklich aus.

Wir mussten hoffen, dass der Fremde für immer
verschwunden ist, wenn er irgendwie irgendwann
wieder auftauchen würde, dann würde es eng für uns,
so war unsere Befürchtung.

„Lasst uns nach Hause gehen, morgen sehen wir weiter", versuchte ich die Situation etwas zu entspannen.

Und so kam es auch, jeder ging seines Weges, ängstlich, traurig, aber auch wütend. Ich versuchte das zu tun, was wir besprochen hatten und an diesem Abend nicht an das Erlebte zu denken. Doch ich musste an den Fremden denken, ich musste an unser Verhalten denken.

War es richtig, was wir taten und wie hätten wir uns entschieden?

Wären wir dem evolutionären oder den revolutionären Gedanken gefolgt, um die Sprache meiner Mutter zu nutzen? Wären sich jeder treu geblieben, oder würde jemand des anderen Meinung folgen?
Was wäre gewesen, wenn wir keinen Kompromiss gefunden hätten?
Fragen über Fragen, doch die Antworten wurden uns gestohlen. Jetzt mussten wir mit dem Leben, was wir angefangen und andere vollendet hatten, klar kommen

Doch es kam noch schlimmer ....

Kapitel 12
Peterchens Reise

Nach jedem Abend kommt irgendwann ein neuer
Morgen, manchmal ist dieser besser, manchmal nicht.
Der Morgen, der damals folgte, war schlimmer als jeder
andere. An jenem Morgen wusste ich, dass das Böse
überall ist und vor nichts zurückschreckt.

„Wo ist denn der Peter?", fragte der Pfarrer, als er die
Anwesenheit notierte.

Dabei schaute er mit hochgezogenen Augenlidern über
seine kleinen runden Brillengläser vor ihm das
aufgeklappte und in diesem Moment schräg
hochgestellte Klassenbuch. Man konnte ihn kaum
erkennen hinter seinem riesigen Pult. Niemand sagte
was, auch ich nicht. Was sollte ich auch sagen, habe ich
doch seit dem Abend vorher nichts mehr von ihm
gehört oder gesehen.

„Na, der wird wohl krank sein", gab sich der Lehrer die
Antwort selbst.

Der Rest des Vormittags verging. Wir saßen unsere Zeit
ab, hörten zu oder auch nicht und versuchten halbwegs
schmerzfrei die Stunden zu überstehen. Doch war es
für mich etwas anders, musste ich doch oft an den
Fremden denken und noch vielmehr an Peter, machte er
doch am Vortag einen gesunden Eindruck auf mich.
Sind wir vielleicht aufgeflogen?
Plötzlich klopfte es an die alte Klassenzimmertür. Oh
Gott, jetzt holen sie mich, schoss es mir durch den

Kopf.
Dann trat der Wirt ein, klein gebeugt, seine Kappe vom
Kopf gezogen, diese mit beiden Händen umschlossen
und vorm Bauch haltend. Sein Blick im ersten Moment
hoffnungsvoll suchend auf uns Schülern gerichtet,
merkte er schnell, dass sein Junge nicht dabei war.

„Entschuldigen Sie die Störung. Ich suche meinen
Sohn", seine noch kräftige Stimme bescherte
wahrscheinlich nicht nur mir Gänsehaut in diesem
Moment.

Stille im Saal. Keine Schwatzen, kein Flüstern und
schon gar kein Gelächter. Nichts.

„Guten Tag! Nun, ich fragte mich auch schon, wo der
liebe Peter ist", antwortet der Pfaffe, leicht lächelnd und
wohlwollend wusste er ja genau, wen er vor sich hatte.

„Er war gestern Abend vom Spielen gekommen und
wollte gerade zu Abend essen. Da sprang er vom Tisch
auf und packte seine Jacke und weg war er. Er rief uns
noch zu, jetzt weiß ich`s", erzählte uns der Wirt.

Was wusste er? Kam mir in den Sinn und *wo ist er
jetzt?*
Ich merkte, wie mir das Blut in den Kopf stieg, fühlte
ich mich doch verantwortlich für Peters Verhalten, aber
ich konnte doch nichts sagen.

Was sollte ich auch sagen, ich wusste ja nicht, wo er
war und ob es mit dem Fremden zusammenhing.
Natürlich wusste ich das, aber ich log mich selbst an.

„Tja, da kann man nichts machen. Wenn jemand was hört...", sprach der Vater den Satz nicht zu Ende.

Mit gebeugtem Kopf und ohne ein weiteres Wort verließ der sonst vor Kraft strotzende Schattenhelfer den Raum, sodass er einem Leid tat.
Nach einigen Minuten der Stille und des leisen Geflüsters ging der Pauker wieder in die Tagesordnung über. War sein Mitleid doch nur gespielt, der Heuchler.
Nach der Schule rannte ich so schnell es geht zu Haralds Haus, um ihn irgendwie zu erreichen. Wir wollten uns sowieso treffen, aber das dauerte mir zu lange, ich wollte direkt mit Harald sprechen. Ich schlich mich ums Anwesen, wie ich es immer tat, suchte da und suchte dort und plötzlich sah ich hinter einer Terrassentür Harald sitzen. Er schien gerade zu essen. Ich konnte es nicht richtig erkennen, da ein Vorhang im leichten Wind hin und her wehte.

„Psst, psst Haarald, Haarald", versuchte ich mich getarnt hinter einem Busch bemerkbar zu machen.

Es dauerte nicht lange und Harald bemerkte mich und kam in den Garten. Dabei schaute er sich ein paar Mal um, ob die Luft rein war. Nach dem Tot seines Sohnes, legte der alte Freiherr noch mehr Wert auf die Etikette und Ausbildung seines Enkels.

„Was ist denn? Wir treffen uns doch nachher", fragte er mich.

„Peter ist verschwunden", sagte ich ihm und schaute ihn groß an.

„Was? Verschwunden? Wohin?", fragte Harald weiter.

„Na, keine Ahnung. Wenn ich das wüsste", verteidigte ich mich fast.

„Ich muss wieder rein. Wir sehen uns später an der Wiese", sagte Harald und ging zügig zurück zum Haus.

Ohne ein weiteres Wort ging ich auch nach Hause...

„Gibt es was Neues? Waren die ersten Worte von Harald, als er zur Wiese kam.

"Nein, woher denn? Ich war ja auch nur zu Hause", antwortete ich.

„Wir sollten jetzt nichts überstürzen. Egal wo Peter ist, der Fremde hat damit nichts zu tun", sagte Harald sehr bestimmt. In diesem Moment merkte ich, dass er wusste, was bei ihm auf dem Spiel stand.

„Aber vielleicht ..." versuchte ich gegen zuhalten.

„Nein Paul sei nicht dumm. Wir sollen alles verlieren, damit ein Phantom gejagt wird?", schmetterte er meine Worte ab.

„Es gab kein Kindesland, kein Fremder, kein Gut oder Böse. Peter taucht schon wieder auf", sprach erweiter.

„Und, wenn nicht?", schaute ich den jungen Freiherrn fragend an.

„Dann ist es eben so! Ändern können wir es nicht

mehr", antwortete dieser.

Ich kannte Harald in diesem Moment nicht mehr. War er der Junge, denn ich meinen besten Freund nannte. Heute denke ich, er wollte mich und sich nur schützen. Vielleicht konnte er die Folgen unseres Handels besser abschätzen, wie ich es getan hätte.

„Wir suchen ihn, vielleicht ist er an oder auf der Insel?", sagte Harald.

Die beruhigte mich, da es mir das Gefühl gab, dass wir unseren Freund nicht im Stich ließen. So kam es, dass wir uns auf die Suche machten, aber nicht nur wir. Das halbe Dorf war auf den Beinen und suchte in langen Ketten aufgestellt nach dem Vermissten. Die Umgebung füllte sich mit Namensrufen und Hundegebell. Wir hatten Mühe, unerkannt zu unserem Versteck zu gelangen, die Gefahr war sowieso sehr groß, dass jemand die Insel finden würde, denn so intensiv wurde die Gegend selten unter die Lupe genommen.
Der Tag verging wie so viele vor ihm und später nach ihm, doch Peter blieb verschwunden. Auch unsere Insel war verlassen, ein seltsames Gefühl war es, dort zu sein. Für mich lag eine furchtbare Leere über all dem. Wir verließen recht schnell unseren geheimen Ort und schlossen uns den anderen Suchenden an. Die Hoffnung gänzlich verloren, beschlossen wir spät abends die Suche aufzugeben, so wie es die meisten taten, da es keinen Sinn mehr machte.

Ein Stück weg von uns sah ich den Wirt mit ein paar Männern, die auch von den „Schatten" angeheuert waren, im Schein der Fackeln, die sie trugen, stehen und diskutieren. Plötzlich bemerkte uns Holger Stenzel und richtete sein Blick auf uns. Harald bemerkte es gar nicht und ich versuchte es zu ignorieren. Doch im gleichen Moment kam der Wirt mit seinen Männern auf uns zu, einer schaute grimmiger als der andere.

„Ihr wart doch gestern mit meinem Sohn zusammen. Was habt Ihr denn gemacht?" fragte er, ohne zu zögern und mit ernster Stimme.

„Wir haben im Wald gespielt", schoss es aus Harald, bevor ich überhaupt anfing zu denken.

„Ja, das stimmt. Wir spielten die ganze Zeit da vorne im Wald", ergänzte ich Haralds Aussage.

„Und, euch ist nichts aufgefallen?", als der Wirt die Frage stellte, schaute er mit schmalen Augen Harald an und man spürte sein Misstrauen gegen uns.

„Nein. Es war alles wie immer, meine Herrn", antwortete Harald sicher und ich nickte.

„Gut! Wenn ihr irgendetwas seht oder vermutet, kommt sofort zu mir, sonst ....", gab der Wirt Anweisung.

„Komm lass gut sein. Die Kinder wissen doch nichts. Was sollen die denn auch schon wissen", beruhigte ein Schattenhelfer den Stenzel und zog leicht mit seiner Hand an des Wirtes Schulter. Mit einem „Mhmmm" drehte dieser ab und ging umzingelt von den Männern von uns weg.
Harald und ich schauten uns an und waren erleichtert, dass wir standgehalten hatten. In den folgenden Tagen

wurde immer wieder nach Peter gesucht, auch umliegenden Dörfern wurde informiert, aber Peter tauchte nicht wieder auf.

Die Tage vergingen, irgendwann wurden aus all dem erlebten nur noch Erinnerungen, die leicht verblasst existierten, aber weit, weit weg waren. So schlich sich wieder der Alltag in unser Leben.

Der Raum, den wir Zeit nennen ...

Alles auf Erden hat seine Zeit. Die Blume keimt, wächst, blüht und verwelkt. Der Baum wird zu einem großen stattlichen Gewächs vor Kraft strotzend, bis auch er vergeht. Es kommen neue Blumen und neue Bäume, entstanden durch die Samen ihrer Vorgänger, in Ihnen ein Stück Vergangenheit, das Erbe derer, die ihnen das Leben schenkten.

Das ist das Prinzip auf Erden.

Auch die Menschen leben und sterben. Unsere Nachkommen tragen ein Stück von uns in sich, damit wir nicht gänzlich verschwinden. Und all das messen wir in Zeit. Zeit scheint für uns nicht mehr zu sein als ein Maßband, an dem wir uns orientieren, damit wir wissen, wann wir sterben sollen.

Doch wir Menschen haben vom Zufall ein Geschenk bekommen. Wir bekamen ein Bewusstsein, welches in der Natur einzigartig zu sein scheint.

Jeder Gedanke, der gedacht wird, ist Energie. So spielen sich in jedem Kopf unzählige „persönliche Realitäten" ab und das von morgens bis abends. Milliardenfach!

Ein Teil dieser Gedanken werden sichtbar durch Taten, die durch sie entstehen, sie manifestieren sich in unserer Umwelt, so entsteht Kultur.
Doch es bleiben auch unzählige Gedanken nur in den Köpfen derer, die sie dachten. Erinnerungen, Gefühle, Freud und Leid ein einziges Mal zum Leben erweckt, vergehen sie wieder und scheinen für immer verloren.

Was war, ist für immer gespeichert im Raum der Zeit.

Zeit vergeht. Doch verstehen wir die Zeit auch richtig? Sehen wir nicht allzu oft nur die Prozesse und Abläufe, welche uns Natur und Kultur vorgeben?

Was hat der Lebenszyklus eines Menschen noch mit Zeit zu tun, außer dass wir damit messen und beschreiben in Tagen und Jahren?
Ich wage zu hoffen, dass sich mehr hinter dem Phänomen Zeit verbirgt. Ich denke alles, jeder Gedanke findet seinen Platz in dem Raum namens Zeit, in deren Dimension wir uns in Zukunft nicht nur mental, sondern auch physisch bewegen können.
Dort, wo alles je Gedachte zusammenfindet und ein großes Wesen bildet, dort findet sich die Wahrheit, nach der wir suchen. Wenn wir es schaffen, diesen Raum zu überblicken und zu verstehen, erkennen wir den wahren Kampf zwischen Gut und Böse. Denn dort liegt alles offen, was je bewusst oder unbewusst gedacht wurde.
Vielleicht müssen wir weit weg von Erden, andere Galaxien bereisen, um zu verstehen, wie wir das, was um uns ist, verstehen können.
Vielleicht sehen wir heute nur einen Bruchteil unserer Welt, nur eine Momentaufnahme, deren wahre Tiefe

vorhanden, aber nicht verstanden ist.

Kapitel 13
Die Zeit vor danach

Peter war nun schon Jahre verschwunden. Das Böse trieb in dieser Zeit sein Spiel auf die Spitze, so dass es von anderen besiegt wurde. Unser Dorf zahlte kräftig dafür. Fast jede Familie verlor durch die Schatten geliebte Menschen. Menschen, die für die Schatten kämpften oder gegen sie, verloren war aber verloren. Neue Machthaber kamen in unser Dorf wieder nicht persönlich, sondern vertreten durch ihre Schatten. An einen Tag erinnere ich mich recht gut.

Der Tag, an dem aus dem Wirtshaus die Melodie erklang „so schlimm wirds wohl nicht werden"...

An jenem Frühlingstag war es außerordentlich warm, ich spürte die Sonne auf meinen Unterarmen, da ich die Hemdsärmel hochkrempelte, um Vater auf dem Acker zu helfen.

„So, das müsste halten. Ich hoffe, bald ist wieder ein Schlosser im Dorf, damit wir das alte Ding reparieren lassen können", sprach mein alter Herr und fummelte mit seinen dünnen Fingern an dem alten rostigen Pflug rum.

Da stand er nun, mein Vater. Als ich noch ein Junge war, dachte ich, er wäre unbesiegbar.
Ich war vor drei Jahren noch ein Junge, heute bin ich ein Mann. Doch wuchs ich nicht zum Mann heran, sondern das Leben machte mich zu einem. Schneller als

von der Natur gewünscht. Sicher, ich wurde älter, hatte andere Interessen als vorher, auch Mädchen wurden interessant, aber war ich doch eigentlich noch ein Junge.

Es begann kurz nachdem Peter verschwand. Das Böse war ja bis dorthin nur in Vertretung von dem Wirt und eine paar seiner Helfer im Dorf. Mit diesen konnte man umgehen, kannten wir uns doch alle untereinander. Doch je schlechter es dem Bösen in der Ferne ging, je mehr Schatten schickte es ans Ende der Welt, mit immer mehr Befehlen.
Eines Tages betraf ein solcher Befehl auch meinen Vater.

„Sie müssen sich morgen gegen Mittag im Wirtshaus vorstellen. Sie werden eingezogen, um ihr Land zu verteidigen", dies oder so ähnlich, sagte der Mann, den wir noch nie in unserem Dorf sahen, nachdem Vater unsere Haustür öffnete.

„Aber, ich kann doch hier nicht weg. Was denken Sie sich denn", antwortet Vater ins Leere, da der Mann sich schon abkehrte und in einen langen schwarzen Wagen stieg, indem vorne ein Fahrer saß.

„Was sollen wir jetzt nur tun?", fragte Mutter meinen Vater mit Tränen in den Augen.

„Ich geh!", antwortete er.

„Aber warum? Du bist doch gegen „die"", fragte Mutter.

„Wenn ich nicht geh, dann sind wir alle gefährdet. Ich

muss euch schützen", gab Vater zur Antwort.

Vater ging am nächsten Tag. Er ging einfach. Ich sehe ihn heute noch den kleinen Pfad vor unserem Haus hinunter gehen. Ich sehe heute noch, wie er sich auf halben Weg, vor der letzten Kurve, umdrehte und seinen Arm hoch riss, dabei lächelte er so zuversichtlich, als ob er gleich noch mal kommen würde.

Das war das letzte Mal, dass ich mein Vater sah, wie ich ihn kannte.
Bevor er ging, sagte er mir noch, dass ich jetzt der Mann im Haus sei und gut auf Mutter aufpassen sollte.
Er wäre nicht lange weg, er würde bald wiederkommen.
Er hatte recht behalten, er kam wieder. Doch sie saugten ihm all Leben, all Freude, all Zuversicht aus seinem Körper, sodass nur noch eine leere Hülle zu uns zurückkam.

Ich kann diesem Mann nicht genug danken, denn er gab sein „Leben" für uns.

„Komm wir versuchen`s, wird schon gehen", sagte ich zu Vater und nahm die Zügel in die Hand, um das Pferd in Bewegung zu bringen.

An jenem Nachmittag schafften wir es noch, den ganzen Acker zu bearbeiten.

Müde und geschafft kamen wir spät nach Hause. Mutter deckte den Tisch zum Abendessen, da das Wetter so schön war, auf der kleinen Terrasse neben dem Haus.

Es war schön, fast wie früher, bevor die Schatten uns einnahmen, bevor alles passierte, Kindesland, Peters verschwinden Vaters Kampf doch nur fast. Das Böse war verschwunden, doch es hinterließ seine Spuren in unseren Seelen.

„Morgen fahren wir in den Laden", sprach Vater. Im Schein des Feuers, welches er vorher entzündete, sah er aus wie früher. Voller Leben, voller Freude, voller Zuversicht.

„Ja machen wir", antwortete ich und fühlte mich wohl in jenem Moment.

So wir es abgemacht haben, fuhren wir mit dem alten Karren und einem neuen Ochsen zum Laden, um unsere Waren zu verkaufen und ein paar Sachen zu besorgen.

Dabei fuhren wir am Wirtshaus vorbei, welches immer noch von Holger Stenzel betrieben wurde.
Doch der Wirt und seine Frau haben sich auch verändert, seit ....

Seit Peters verschwinden, war der Wirt nicht mehr derselbe. Er glitt immer mehr zu den Schatten über und vergötterte das Böse. Er tyrannisierte, wen er nur konnte. Auch dass sein Bruder im Pflegeheim zu Tode kam, machte seinem Eifer keinen Abbruch. Es sei ein Unfall gewesen, niemand hätte Schuld daran, gab er jedem zur Antwort, der nach dessen Verbleib fragte. Auch der Verlust seines Sohnes war für ihn ertragbar, da er immer daran glaubte, dass er wieder heimkommen würde. Darauf vertraute er, ohne zu hinterfragen, warum er gegangen war.

Nachdem aber des Wirtes Götter gefallen waren und neue in unser Dorf Einzug hielten, vergaß der Wirt all seine Grundsätze und verehrte von nun an die neuen Herren.

„Die Verbrecher töteten meinen Bruder, das fiese Volk", hieß es plötzlich vom Wirt.

„Aber mein Sohn, der zog in den Kampf gegen die. Bald kommt er wieder, das sag ich euch", machte er sich selber froh.

Frau und Tochter ertrugen tapfer des Vaters Feigheit vor sich selbst.

Die neuen Herren verlangten denselben Gehorsam wie die Alten. Und der Wirt gehorchte und versprach, treu zu helfen, wo er könne. Konnte er sie doch so schön überzeugen, dass seine Liebe zu den Schurken nur eine Gespielte war.

Und jeder, der im Wirtshaus anderer Meinung war, fand sich vor der Türe wieder und alle summten sie die Melodie „so schlimm wird`s wohl nicht werden".

Harald sah ich einen Tag bevor die Schatten des neuen Bösen sich über unser Dorf legten, das letzte Mal. Wir trafen uns damals an der Wiese unter den Bäumen, wie schon so oft.

„Peter, mein Freund, wir gehen weg. Wir verlassen das Gut und ziehen in die Stadt. Dort hat Großvater noch eine Wohnung", sagte Harald mit fester Stimme.

„Aber Ihr habt doch hier euer Zuhause. Warum wollt Ihr

den gehen. Du kannst mich doch hier nicht versauern lassen", gab ich sichtlich angegriffen zur Antwort.

„Die wollen es so. Gestern waren die bei Großvater. Er sagt, wir müssen gehen", klärte Harald mich auf.

Ich wusste nicht, was ich sagen sollte. Warum sind die, die jetzt da sind, genauso hinterhältig, gemein und böse wie die, die vorher da waren. Ich verstand nichts mehr. An diesem Nachmittag brach für mich der traurige Rest meines alten Lebens zusammen. Alles, was mir gut tat, was mir gefiel, löste sich im Nichts auf.

Gelenkt immer von denen, die ich nie zu Gesicht bekam. Ausgeführt von deren Schatten meist Leute, die man von klein auf kannte. Andere Teufel, die gleichen Schatten.

Warum?

Das frage ich mich bis heute. Wir waren drei Freunde, deren Familien alle einen hohen Preis zahlen mussten, obwohl sie alle grundverschieden waren, mussten sie für die gleiche Sache zahlen.
Und was war mit Kindesland?
War es falsch, was wir taten? Jahre später erkannte ich, es war ungefähr zu der Zeit, als Harald wegging, dass alles, was wir zu wissen schienen, doch anders war. Peter verteidigte seinen Vater und dessen Gedankengut. Und was hatte er davon? Sein Vater streifte seine Überzeugung wie ein dreckiges Hemd ab und zog ein neues über. Oder Harald. Seine Familie

versuchte nicht „denen" sondern ihrem Land zu dienen, ihre Pflicht zu erfüllen, egal unter welchen Herren. Nun ist Harald Halbwaise und muss sein Elternhaus verlassen. Und zu guter Letzt, meine Familie. Meine Eltern flüchteten vorm Bösen, wollte nichts mit ihm zu tun haben. Doch es verfolgte uns und holte die Seele meines Vaters.

Und der Fremde?

Er spielte die Hauptrolle und doch war er nur Nebendarsteller. Ich denke, wir suchten einen Grund, um uns mit uns selbst auseinanderzusetzen, und an den fremden Jungen klammerten wir uns, um nicht gänzlich von vorgefertigten Meinungen anderer geschluckt zu werden.
Doch war der Fremde Opfer oder Täter?
Hatte er was mit dem Verschwinden von Peter zu tun? Diese Frage bekam ich erst viele Jahre später beantwortet und ich war überrascht, als ich erfuhr, was damals wirklich passierte....

Die Jahre vergingen und aus mir wurde ein junger Erwachsener. Es ist erstaunlich, wie schnell ein paar Jahre vorbei sind. Meine Eltern blieben Bauern, bis sie starben. Ihr Traum vom Künstler sein verflog, wie der Rauch, der an einem windigen Herbsttag aus dem Schornstein kommt. Ihr Wille wurde gebrochen. Was die alten Schurken anfingen, vollendeten die neuen. Ich blieb noch ein paar Jahre und half meinen Eltern. Nach der Schulzeit machte ich im Ort eine Lehre als Schlosser, arrangierte mich, passte mich an und dachte oft ans Kindesland, welches immer noch dort hinten im Wald lag, ich aber nie mehr besuchte. Oft musste ich am alten Gutshaus vorbei. Das einst so schmucke Anwesen derer von Schütte.

Mittlerweile war es landwirtschaftlicher Betrieb, welcher dem Volke gehörte. Doch das Volk hatte auf dem Gelände nichts verloren, nur die Schatten hatten Zutritt.

„Ich geh!", sagte ich eines Tages beim Abendbrot.

„Wohin denn so spät noch", fragte Mutter.

„Ich, geh rüber", antwortete ich.

„So ein Blödsinn. Meinst du, die sind besser. Die sind alle gleich", schimpfte Vater.

„Morgen geh ich. Ich kann wegen der Arbeit für einen Tag über die Grenze, dann bleibe ich dort", informierte ich meine Eltern.

„Ach, mach doch, was du willst", schrie Vater und verließ den Raum.

In jenem Moment dachte ich an meine Kindheit. An einen bestimmten Tag. Vater schlief auf der Couch die Zeitung wippend auf seinem Bauch. Mutter am Tisch, umgeben mit ihrer Kunst, die sie so liebte. Damals saß ich auf dem Boden, spielte mit meinen Zinnsoldaten. Wie glücklich waren wir doch damals in diesem Raum, in dem wir jetzt so unglücklich sind.
Am nächsten Morgen machte ich mich für die Arbeit fertig. Mein Meister bekam eine Genehmigung für über die Grenze zu fahren, um an einer Messe teilzunehmen.

Ich wusste, dass ich nichts mitnehmen kann, außer meinen Erinnerungen.

„Ich geh jetzt", sagte ich zu meinen Eltern, die wieder am selben Tisch wie am Abend zuvor saßen.

„Pass auf dich auf Junge. Ich würde dasselbe tun" sagte Vater lächelnd, während er aufstand und mich mit seiner Hand in meinem Genick zu sich zog und mir dabei einen kleinen Knäul Goldschmuck, den er mal von seiner Mutter erbte, in die Hand drückte.

„Ach, mein Schatz, melde dich irgendwie. Ich muss wissen, dass es dir gut geht", sagte Mutter weinend und viel mir auch um den Hals.

„Sicher Mutti. Mach dir keine Sorgen", beruhigte ich sie. Das war das letzte Mal, das ich meine Eltern sah.

Jahre vergingen .....
Wir schrieben uns zwar, aber ich kam erst wieder zurück, als auch diese Schurken weg waren und meine Eltern leider tot. Ich kam noch einmal in unser Dorf, in unser Haus, in dem es noch aussah wie in meiner Jugend.
Es stand leer und ich bekam die Chance, die Bilder und Notizen meiner Mutter und ein paar Skulpturen meines Vaters an mich zu nehmen.
Ich spazierte noch durch das Dorf. Der Laden, die Wirtschaft alles noch da. Nur ohne die Menschen, die damals darin lebten. Der Wirt war schon lange tot, seine Frau auch, die Tochter weggezogen und....
...Peter blieb verschwunden, erzählten mir

Dorfbewohner, mit denen ich mich unterhielt.Der alte Pfarrer war auch schon lange dort, wo er hingehörte, die Schule geschlossen. Doch die dicke Dame, die stand noch genauso eingezwängt wie eh und je.

Ich sah Vater und mich neben ihm mit dem Karren die Straße runterkommen, die Milchkannen klappernd hinten drauf. Vaters starke Unterarme stützend auf seinen Knien, die Zügel fest in der Hand.

„Na Junge. Wie gehts dir", sprach er.

„Gut", antwortete ich, "jetzt wieder gut!".

Kapitel 14
Peterchens Rückkehr

Ich stand eine Zeit lang auf dem Platz vor dem Wirtshaus. In meinen Gedanken spielte sich die eine oder andere Szene ab, die ich hier erlebt habe.
Ich sah mich als kleinen Jungen in kurzen Lederhosen und kariertem Hemd, die Treppe mit ihren durchgetretenen Stufen hinauf gehen, im Arm den Henkelkorb meiner Mutter voll mit Eiern, sauber abgedeckt mit einem Küchentuch. Ich sah mein strahlendes Gesicht, da ich mich auf den Blödsinn des Wirtes freute und besonders auf dessen Süßigkeiten.

Ich sah ihn hinterm Tresen stehen und Gläser polieren, seinen Bruder hinten neben der Wand sitzend.
Ich sah aber auch Peter traurig auf der Treppe sitzen, als sie seinen Onkel holten.

Ich sah meine Eltern durch die Scheibe an einem Tisch sitzen. Mutter jung und wunderschön gegenüber Vater strahlend, zwischen ihnen eine Kerze und mich, dabei schaute mich mein Gedankenich fragend an.

„Ich lebte mal in diesem Haus", sprach plötzlich eine Stimme hinter mir.

„Schön. Ich kannte auch mal eine Familie, die hier lebte. Ich war mit deren Sohn ziemlich gut befreundet", antwortete ich, ohne mich umzudrehen.

„Darf ich mich vorstellen, Peter Stenzel" sagte die Stimme.

In mir zuckte alles zusammen. Habe ich richtig gehört? Mit einem Ruck drehte mich um und vor mir stand ein kräftiger Mann mit dickem Bart im besten Alter. Na ja, der Bart hatte schon ein paar graue Strähnen.

„Peter, bist du das wirklich?", fragte ich den Mann.

„Ja, und sie sind?", antwortet dieser.

„Na, Paul. Wer sonst", schrie ich Peter freudig an.

„ Weiß ich doch, war nur Spaß", antwortet er genauso freudig.

Ich konnte es nicht glauben.

War er es wirklich?

Ja, es schien so, aber ich spürte, dass der Junge von

damals nicht der Mann von heute ist.

In unseren Gedanken bleiben wir immer in der Zeit, wo wir mit unseren Mitmenschen waren. Wenn wir uns verändern, verändern sich unsere Gedanken an sie nicht mit und da liegt der Trugschluss. Wir erleben in unserem Leben verschieden Episoden, ist eine vorbei, kommt sie nicht wieder. Noch nicht! Eines Tages ist es uns vielleicht möglich, gänzlich in alte Leben einzutauchen und unsere kompletten Fähigkeiten zu nutzen.
Aber trotzdem freute ich mich sehr, als ich Peter sah. Alleine die Gewissheit, dass er am Leben ist, war für mich unbeschreiblich wichtig. Endlich erfuhr ich, was damals wirklich passierte.

Und so kam es, dass Peter anfing zu erzählen ....
„Ich ging damals nicht direkt nach Hause, ich ließ mir Zeit und naschte noch eine Weile von den Pflaumen auf der Streuobstwiese. Ehrlich gesagt, machte ich auch noch ein kleines Schläfchen unter einem Baum. Als ich wach wurde war es schon dunkel. Danach lief ich die Hauptstraße entlang und sah an deren Ende schon das Licht, welches aus den Fenstern der Gaststube fiel. Auch das Gegröle und Geschwätz der Gäste konnte man gedämpft durch Wand und Fenster leise hören. Plötzlich erschrak mich etwas, es war die Tür der Wirtschaft, die mit einem Knall aufschlug und aus der zwei Männer Arm in Arm schlängelnd traten. Sturz besoffen schienen sie zu sein, sie sangen Lieder, jeder ein anderes, sodass man nur schräge Töne verstand. Ich beruhigte mich schnell, als ich die Situation erkannte. Die beiden Herren bogen schräg in die Gasse ab, welche zum Schlafhaus der Waldarbeiter führte.

Doch dann bemerkte ich im Gebüsch zwischen zwei Häusern etwas Eigenartiges. Im ersten Moment dachte ich an eine Katze oder Ratte, doch dafür schien es etwas groß zu sein. Obwohl ich Angst hatte, wollte ich wissen, was da war und ging auf die Hecke zu.

Und dann sah ich ihn, den Fremden, den wir suchten. Er versteckte sich im Gebüsch und wollte wahrscheinlich in Deckung bleiben, bis ich weg war. Ich schaute ihm in die Augen und er mir. Ich wollte schreien, damit Hilfe kommt und wir den Kerl festnehmen können, doch irgendetwas in mir hinderte mich daran.

Nicht das ich dachte, dass er unschuldig sei, nein, aber ich war von seine Schuld auch nicht mehr ganz überzeugt. Da kam mir die Frage, die Harald uns stellte, in den Sinn. Die Frage, nachdem was wir sehen und ich sah die pure Angst in des Jungen Augen und mir war klar, dass ich nichts mache. Ich drehte mich um und ging. Einfach so.

Ich fing an zu laufen, wollte nur noch nach Hause. Ich wollte einfach nur vergessen.

Als ich am Haus ankam, ging ich zum Nebeneingang hinein. Dort gibt es ja den kleinen Flur, der direkt in die Küche führt. Ich war noch in dem Flur, als ich schon meine Mutter in der Küche sitzen und Kartoffeln schälen sah. Konzentriert auf die Kartoffeln saß sie an dem großen Tisch in der Mitte des Raumes, uns schälte diese. Ich freute mich, sie zu sehen und eilte zu ihr.

Kaum im Raum sah ich Vater in einer Ecke, wie er die junge polnische Bedienung, die mit gespreizten Beinen auf einem kleinen Beistelltisch saß, vögelte.

Ich verstand die Welt nicht mehr. Ich wusste in diesem Moment nicht, wen von den dreien ich mehr verachten sollte.

Meinen Vater, das Schwein, die Schlampe unter ihm oder meine Mutter, die alles ignorierte.
Ich übergab mich vor Ekel.
Als ich mich nach Sekunden wieder halbwegs aufrappelte, schrie ich nur „jetzt weiß ich`s" oder so ähnlich und lief davon. Als ich die Dorfstraße hinunterlief, wusste ich nicht, wohin ich überhaupt laufen soll, doch ich wusste, dass ich sie nie wieder sehen möchte.
Weißt du, ich war so wütend, dass ich alles hinter mir lassen wollte. Auch euch, es war mir einfach zu viel geworden, die ganze Sache.
Damals war es ja schon dunkel und ich wollte so schnell wie möglich ins Nachbardorf. Dort gab es ja am Ortseingang die alte Scheune, in der wir ab und zu spielten, dort wollte ich übernachten. Ich war so auf halber Strecke, da sah ich auf einer Anhöhe zwischen Bäumen ein Lagerfeuer, dahinter einen großen Krämerwagen, der voll mit Körben, Schüsseln und anderem Hausrat hing. Ich war neugierig geworden, wer da oben lagerte und bin hingegangen. Ich näherte mich vorsichtig dem Feuer und je näher ich kam, je besser erkannte ich eine Gestalt, die davor saß. Es war ein älterer Herr, etwas rundlich mit schwarzem Schnauzbart und Halbglatze. Er sah irgendwie sympathisch aus, Angst hatte ich jedenfalls keine", erzählte Peter und fuhr fort.

„Ach, da bist du ja. Setz dich, wärme dich, iss etwas, mein junger Freund", sprach der Händler zu mir.

„Aber Sie kenne mich doch gar nicht?" fragte ich.

„Ah, junger Freund, warum muss ich dich kennen?

Warum musst du mich kennen? Wir sind hier, es ist dunkel und wir haben das schöne Feuerchen und das Beste, es ist noch Gulasch im Topf", sagte er und lächelte mich an.

„Uach, ich muss jetzt schlafen gehen. Mach es Dir am Feuer gemütlich. Morgen geht es früh los", sprach er weiter und gähnte. Ehe ich mich versah, verschwand er auch schon in seinem Wagen.

In jener Nacht machte ich mich über den Topf Gulasch her und schlief danach in eine dicke Schafsdecke gewickelt ein. Am nächsten Morgen, es war noch dunkel, weckte mich der Mann.

Dabei stupste er mich an und sagte "Junger Freund, junger Freund los aufstehen. Wir müssen weg".

„Setz dich in den Wagen, wir haben einen weiten Weg vor uns", sprach er hektisch weiter.

Heute bin ich mir sicher, dass er wusste, was los war. Dass ich auf der Flucht war. Seltsamerweise sprach ich nie mit Hugo, so hieß er übrigens. Ich war 5 Jahre bei ihm. Damals verließen wir den Landstrich und reisten nach Westen, immer nach Westen. Als das Böse weg war, hatte ich Glück, denn wo wir waren, gab es Freiheit. Unsere Heimat wurde ja zum Gefängnis und dies machte es mir leichter, nicht mehr zurückzukommen.
Ich schrieb meinem Vater einen Brief. Ich wusste ja nicht, ob er überhaupt noch da war oder ob er von den neuen Herren gekrallt wurde. Ich schrieb ihm, dass ich ihn verachte, weil er so war, wie er ist.

Ich schrieb auch, dass ich Mutter hasste, weil sie ihn gewähren ließ. Ich wolle beide nie wieder sehen, schrieb ich, und sie sollten meine Schwester grüßen. Ach wie dumm war ich doch, denn nie wieder ist doch lange.
Ich blieb bei dem Krämer, bis er starb. Er wurde nicht nur ein Freund, nein, er wurde meine Familie.
Wir zogen durch den Süden, lebten wie Vagabunden, wir tranken Wein, aßen die feinsten Sachen und Hugo erzählte die tollsten Geschichten. Ich wurde sein Lehrling, ich wurde Kaufmann, fahrender Kaufmann.
Als Hugo nicht mehr war, vererbte er mir seinen Wagen samt Gaul und ich machte weiter. Doch die Zeit war im Wandel. Keiner kaufte mehr bei fahrenden Händlern. Eines Tages verkaufte ich Hugos Vermächtnis und wurde sesshaft.
Ich war ein junger Mann ohne Papiere, aber mit etwas Geld und so machte ich etwas aus mir. Die Zeiten damals waren, du weißt es ja selbst verwirrend. Papiere konnte man besorgen, Arbeit gab es genug und ein Dach über dem Kopf konnte man auch bekommen.
Es dauerte nicht lange und ich bekam eine Stelle in einem Kaufhaus als Verkäufer, das lag mir. Auch ein Zimmer zur Untermiete bekam ich schnell. So baute ich mir ein neues Leben auf.
Ach Paul, was soll ich sagen. Ich machte Abendschule, wurde sogar Lehrer, lernte eine Frau kennen und bekam zwei Kinder. Alles gut ...., alles gut!"

„Aber warum bist Du jetzt hier", fragte ich meinen Freund.

„Nun, als das Übel weg war und seinen Wall aus Lügen und Unterdrückung fiel, wurde ich neugierig.

Eine innere Stimme sagte mir, geh!
Mir wurde von einem früheren Bekannten meiner
Familie, den ich vor Jahren zufällig traf, berichtet, dass
meine Schwester auch weggezogen sei, nicht sehr weit
weg, aber weg. Ihr ginge es anscheinend gut. Meine
Eltern wären beide tot und unser Haus stände leer. Ich
wollte damals aber noch nicht zurück, irgendetwas,
sagte nein.
Wir schauten uns an. Er war nicht dünn, eher kräftig,
aber nicht dick. Er glich nicht seinem Vater, vielleicht
wegen seines Bartes?

Keine Ahnung!

Mochte ich ihn noch?

Ich wusste es nicht. Er war ja noch Peter, nur älter.
Aber er war mir schon fremd.
Wir saßen zwischenzeitlich auf einer Bank, die unter
dem dicken Baum von damals stand, und schauten zum
Haus. Ich erzählte ein wenig von meinem Leben, das
ich auch rüber gegangen bin, nur später als er, dass
Harald und seine Familie gehen mussten, als die neuen
Herren kamen. Dass auch ich erst jetzt wieder
gekommen bin und eigentlich auch nicht genau wüsste,
warum.

"Was Harald wohl macht?", fragte mich Peter plötzlich.

„Keine Ahnung, ich hab ihn seit damals nicht mehr
gesehen", antwortete ich und schlug ein Bein übers
andere.

„Entschuldigen Sie bitte, sind sie Peter Stenzel?" fragte

218

plötzlich eine zarte Männerstimme hinter uns.

„Wer will das wissen?", schoss es fast schon aggressiv aus Peter.

Währenddessen drehten wir uns beide um und sahen einen kleinen, schmalen Herrn, der gut 10 Jahre älter war als wir, hinter uns stehen. Er war recht blass, hatte eine Brille mit kleinen Gläsern auf, trug einen grauen Mantel, der beinahe bis zu seinen dunkelbraunen Schnürschuhen die Blitz blank waren, reichte und hielt in beiden Händen seinen Hut fest vorm Bauch. Angespannt aber so, dass er ihn nicht beschädigte. Er schien sehr nervös zu sein, als ob er was vorhätte, oder verbergen wollte.

„Nun, falls jemand von ihnen beiden Peter Stenzel wäre, dann hätte ich eine Nachricht für ihn", erklärte uns der Herr.

„Oh, Pardon, ich vergaß mich Ihnen vorzustellen. Mein Name ist Ludger Hohenfelder. Ich bin sozusagen der Dorfchronist und arbeitete vor meiner Pensionierung in der Gemeindeverwaltung".

Auch wir stellten uns dem Herrn vor und ahnten nicht, was er uns erzählen würde.

„Ich erinnere mich wage an Sie. Ich war damals in der Lehre im Nachbardorf und nicht oft zu Hause. Mein Vater hatte die alte Schmiede unterhalb des Dorfes. Ich sah euch ab und zu, mit dem Enkel des Freiherrn auf den Wiesen herumtoben", sagte der Chronist.

„Ja lange her. Haben sie mal was von dem Enkel des Freiherrn gehört?" fragte Peter.

„Ja tatsächlich. War eine große Sache. Als die Grenzen offen waren, kam Harald von Schlütte und besichtigte das alte Gutshaus. Da war ganz schön was los. Sogar ein Minister war dabei. Ich glaube, da passiert, was mit dem alten Kasten", berichtete Herr Hohenfelder weiter.

„Ich sprach damals kurz mit ihm. Ich fragte nach Ihnen, Herr Stenzel. Aber er wollte nicht von seiner Vergangenheit wissen. Ich habe aber seine Nummer, da ich etwas über das Gutshaus in Erfahrung bringen sollte. Ich gebe sie Ihnen einfach", fuhr er fort.

„Und was hat es mit der Nachricht für mich auf sich?" fragte Peter.

„Kommen Sie doch heute Nachmittag zu mir ins Archiv. Das ist in der alten Schule", bat uns der Chronist.

Peter und ich spazierten an diesem Tag noch ein wenig durchs Dorf, sprachen, diskutierten und lachten miteinander, fast wie früher.

„Morgen rufe ich Harald an! Er wird schon mit mir reden. Will nichts mehr von früher wissen, wo gibt's den so etwas?", sagte ich so zwischendurch.

Am späten Nachmittag standen wir dann vor unserer alten Schule. Lange war es her! Aber es überkam mich immer noch das Gefühl, als ab gleich der Alte herumschreit.

„Da sind Sie ja schon! Kommen Sie doch rein, ich warte oben im Flur", rief Herr Hohenfelder, der aus dem Fenster im ersten Stock schaute.

Wir gingen in das Gebäude. Neben uns die Tür zu unsrem alten Klassensaal. Vor uns die steile Treppe zu des Lehrers Wohnung. Wer hätte gedacht, dass wir die mal hochgehen würde, in die Höhle des Löwen.

„Kommen Sie nur hinauf. Vorsicht alt und steil, muss ich sagen wegen der Unfallverhütung in öffentlichen Gebäuden", sagte der Chronist, der oben an der Treppe stand.

Wir kamen in einem kleinen Raum voller Regale, in denen unzählige Aktenordner und lose Papiere lagen. Wir saßen uns an einem kleinen Tisch mit vier Stühlen inmitten des Raums und warteten auf den Herr Hohenfelder der irgendwo zwischen den Regalen kramte und nach etwas sucht.

„Hach, hier ist es ja. Wusste ich`s doch", hörten wir es plötzlich zwischen den Regalen.

Ein Augenblick später erschien der kleine Herr freudig mit einem Couvert in der Hand, welches er wie ein Tablett vor sich trug.

„Hier Herr Stenzel, Ihre Nachricht. Sie wurde von einem Mann vor zwanzig Jahren bei mir abgegeben. Er meinte, falls Sie irgendwann hier auftauchen würden, sollte ich sie ihnen aushändigen", sprach der Chronist schon beinahe feierlich.

„Und hiermit tue ich dies", fügte er an.

Peter nahm den Brief an sich und man sah ihm an, dass er verunsichert war.

Von wem könnte der nur gewesen sein?

Peter fing an, den Umschlag vorsichtig zu öffnen, dann unterbrach er kurz und zog eine kleine Lesebrille aus seiner Hemdtasche. Mit der Brille auf der Nasenspitze faltete er das Blatt auf und las aufmerksam die Zeilen. Dabei wurde er immer blasser, bis er mich schließlich kreideweiß anschaute und sagte „Ruf Harald an! Wir treffen uns in zwei Wochen sonntags genau hier".

„Wenn Sie, Herr Hohenfelder, nichts dagegen haben", fügte er an.

„Nein, nein, das geht in Ordnung. Wollen Sie uns aber nicht verraten, was in dem Brief steht", fragte dieser und auch ich wartete auf eine Antwort.

„Nein noch nicht. Harald muss dabei sein", antwortete Peter.

An jenem Tag verabschiedeten wir uns noch alle gespannt auf das Treffen in zwei Wochen. Ich konnte damals nicht ahnen, was in dem Brief stand. Es stellte alles, was mich bis dahin beschäftigte, in Frage und doch machte es mich im Nachhinein glücklich.

Kapitel 15
Der Anruf bei Harald.

Am nächsten Tag, ich war wieder zu Hause, saß ich in meinem Arbeitszimmer vor mir der Zettel mit der Nummer von Harald.

Was soll ich dem denn sagen, nach über 40 Jahren, dachte ich mir.

Nach einer Weile nahm ich den Hörer in die Hand und wählte die Nummer.

„Immobiliengesellschaft Freiherr von Schlütte, mein Name ist Silke Braumeister, was kann ich für Sie tun" begrüßte mich eine angenehme Frauenstimme.

„Ich, äh. Könnte ich Herrn von Schlütte sprechen, bitte", antwortet ich etwas verlegen, da ich direkt mit Harald rechnete.

„Tut mir leid, Herr von Schlütte ist nicht zu sprechen. Wie ist denn ihr Name?" antwortet die Dame.

„Krämer. Paul Krämer ist mein Name. Könnten Sie....", dann unterbrach mich die Stimme am anderen Ende der Leitung.

„Vom Ende der Welt?".

„Ja genau, aber woher wissen Sie...", wollte ich wissen, doch da sagte sie schon.

„Einen Moment bitte, ich verbinde".

Ich wusste nicht, was das zu bedeuten hatte, doch war ich darüber amüsiert. Da hat mich der Saukerl doch nicht vergessen.
Ich war immer noch in der Warteschleife. Aus dem Hörer kam eine Art von Musik, welche man oft in Fahrstühlen hörte, irgendwie ohne Anfang und ohne Ende.

Plötzlich hörte ich eine Männerstimme „Paul, bist du das?"

„Ja und Sie äh du bist Harald?", stellte ich eine Gegenfrage.

„Wie gehts dir? Was hast du denn die ganzen Jahre gemacht? Mensch Junge, bin ich froh", schoss es in mein Ohr.

„Aber ich dachte, du wolltest uns vergessen?", fragte ich ihn.

„Hahah, du hast bestimmt mit dem seltsamen Archivar gesprochen. Ich wusste du findest mich über den. Konnte ich mir doch denken, dass der dir meine Nummer gibt", sagte Harald und fügte hinzu.

„Mir war klar, dass du mich finden würdest, wenn du es wolltest und andere können mir gestohlen bleiben".

„Aber was ist mit Peter?" fragte ich.

„Peter? Peter ist doch tot", antwortete mein Freund mit leiser Stimme.

„Darum sollten wir einfach die Sache von damals ruhen lassen, hörst du?", fuhr er fort.

Er konnte ja nicht wissen, dass Peter alles andere als tot war und Kindesland nichts mit seinem Verschwinden zu tun hatte.

„Peter lebt", sagte ich einfach so geradeaus.

Dann schwiegen wir uns an drei, vier Sekunden vielleicht, doch es zog sich wie Stunden.

„Und jetzt?" fragte Harald.

„Wir treffen uns übernächsten Sonntag in der alten Dorfschule am Ende der Welt. Peter hat vom Herrn Hohenfelder einen Brief bekommen, den ein Fremder vor 20 Jahren für Peter hinterlassen hat. Ich war dabei, als er ihn las, weiß aber nicht, was drin steht. Peter sagt, du müsstest kommen, dann verrät er uns den Inhalt. Kommst du?", sprach ich zu ihm.

„Verlass dich drauf. Ich bin gegen Mittag dort", antwortet Harald.

Wir verabschiedeten uns und beendeten das Gespräch. Ich blieb noch eine Weile an meinem Schreibtisch sitzen und dachte über alles nach. Ich konnte es noch gar nicht richtig begreifen, dass wir drei uns nach über 40 Jahren wieder gefunden hatten und direkt ins nächste Abenteuer schlitterten.
Ich konnte es kaum erwartet Harald wiederzusehen. Ich wusste ja nicht, was aus ihm geworden ist. Er schien

auf jeden Fall „standesgemäß" zu leben und zu arbeiten. Als ich weiter darüber nachdachte, fragte mich, was er wohl mit seinem Elternhaus vorhatte. Herr Hohenfelder sprach ja davon, dass schon Besichtigungen stattgefunden hätten.
Und auch hier kam es anders, als ich in diesem Moment ahnte.

Kapitel 16
Wieder vereint am Ende der Welt

Ich beschloss an jenem Sonntagmorgen bei Zeiten von zu Hause wegzufahren. Ich wusste, dass ich die Strecke in 5 Stunden packen würde, doch ich wollte nichts verpassen und fuhr los, als ob ich 7 Stunden brauchen würde.
Unterwegs kamen mir immer wieder Erinnerungen aus meiner Kindheit in den Sinn.
Es war ein Katzensprung von heute zu damals. 40 Jahre sind nichts in einem Leben. In Gedanken war ich zu Hause, bei meinen Eltern, bei meinen Freunden.
Plötzlich erinnerte ich mich an den Brief, den ich unter dem Boden in meinem Zimmer fand.
Wie war noch der Name?
Frank .... Frank Simon, glaube ich. Vielleicht hat er was damit zu tun?
Aber er konnte der Junge damals nicht gewesen sein. Er wäre zu alt gewesen. Aber... hatte er nicht noch einen Bruder erwähnt?
Ja... ich glaube sogar einen in unserem Alter. Irgendwie sogar Verwandtschaft von Harald. Nein .... Haralds Vater war der Patenonkel.
Vielleicht war er es der damals auf der Insel war.
Oh Gott, was steht wohl in dem Brief.

Als ich im Dorf ankam, regnete es leicht und man spürte diese Trostlosigkeit, welche an Ende der Welt doch herrschte. Ich fuhr die Hauptstraße entlang, die mittlerweile geteert war, vorbei an den alten Bauernhäuser aus meine Jugend, die fast alle noch aussahen wie früher.
Kein Wunder, haben die neuen Herren ja nur Wohlstand versprochen, aber keinen gebracht.
Ich fuhr vorbei an der Wirtschaft, rüber zur alten Dame, wohl wissend, dass mir interessante Stunden bevorstehen würden.
Ich bog auf unseren alten Schulhof ab, der noch gut daran erinnerte, obwohl er mittlerweile ein Parkplatz war und parkte mein Auto neben einer polierten Limousine, an deren vorderen Ende ein etwas älterer Herr in grauer Uniform wartete und unter einem kleinen Dachvorsprung Schutz vor dem Regen suchte. Als würde es etwas ändern, schaute er ständig blinzelnd und etwas nach vorne gebeugt zum Himmel.

„Guten Tag", sagte ich freundlich, als ich an ihm vorbeiging.

Auch mein Schritt war durch den Segen von oben etwas schneller.

„Tach, was ein Sauwetter", antwortet der ältere Herr und lies sich dabei von seinen Himmelsblicken nicht abbringen.

Ich betrat die alte Schule und ging ohne langen
Aufenthalt die schmale Treppe hinauf in die mir schon
bekannte Kammer, die wohl des Lehrers Wohnstube mal
war.
Auch an jenem Tag überkam mich ein Gefühl zwischen
Schauder und Genugtuung. Zeigte mir das Leben doch,
dass auch schlimme Zeiten vorbeigehen und Menschen,
die denken, über einem zustehen, auch irgendwann
fallen, sei es durch den Tod.
So ging ich fröhlich in die Stube des Pfarrers, als
Zeichen meines persönlichen Triumphs.
Dort sah ich den Chronisten, wie er in einem Regal
nach etwas suchte und am Tisch einen dicken Kerl
sitzen. Dieser hatte einen braunen, fein karierten Anzug
und die dazu passende Schiebermütze an. Seine Arme
hat er auf einem Spazierstock gelehnt, so dass seine
Hände, die den silbernen Knauf umschlungen direkt vor
seinem Gesicht waren. Das Einzige, was man erkennen
konnte, waren die Schnurrbartspitzen, die links und
rechts an dem Knäul Lederhandschuhe rausschauten.
Das kann doch nicht...? Aber er muss es sein. Aber nein
... fegte ein Gedanke nach dem anderen durch meinen
Kopf.

„Wenn das nicht Paul ist", hörte ich eine Stimme, die
fast wie Harald klang, nur drei Leben älter. Während ich
den Satz hörte, sah ich, wie die Bartspitzen passend zu
den Worten, hoch und runter hüpften.

„Bist du es wirklich?", sprach ich zu der Gestalt und
merkte, wie sich meine Backen zu einem Lächeln
zogen.

„Ja natürlich, wer denn sonst?", sagte der Brocken und erhob sich mit
einem Ruck von dem Stuhl, dass ich dachte, er kippt um.
Dann stand er vor mir, Harald. Mein Freund Harald. Man hätte auch von zwei, drei Freunden Harald sprechen können, rein von der Statur her.
Ich war glücklich.
Meine Gefühle waren anders als bei Peter. Ich wusste, dass es Peter war, aber ich fühlte es nicht direkt.
Doch bei Harald war es fast umgekehrt. Nichts erinnerte an den schlanken Jungen von damals, aber ich spürte ihn und dies macht beste Freunde aus.
Oder nicht?

„Oh Entschuldigung, ich bin etwas spät", sagte Peter, als er fast die Stubentür reingefallen wäre.
Patsche nass stand er plötzlich in der Stube und dass, obwohl er einen großen Regenschirm in eine Hand hielt, den er Gott sei Dank aber vorher schon geschlossen hatte.

„Mensch, ist das ein Wolkenbruch da draußen", sagte er, während sich mit einem Taschentuch sein Gesicht trocken rieb.

„Der Peter. Ich glaube es nicht. Wir dachten, du seist tot und jetzt stehst du hier", sagte Harald und riss dabei seine Augen auf, als stände der Teufel höchstpersönlich vor ihm.

„Ja, ich bin es und ich lebe noch. Noch! Bei dem Regen

holt man sich schnell den Tod", scherzte Peter und ging

zwei Schritte auf Harald zu.

„Mann, ist das schön, dich zu sehen. Du siehst richtig edel aus. Dir scheint es ja immer noch blendend zu gehen, Dicker" sprach Peter und kniff Harald mit zwei Fingern leicht in den Bauch, über den sich der Anzug gerade noch drüber zwängen konnte.

„Lass das. Ich darf doch bitte", echauffierte sich Harald und blies seine runden Backen auf. Man sah aber, dass er es nicht allzu ernst nahm.

Kapitel 17
Der Brief

Da waren wir nun nach all den Jahren wieder vereint. Wir setzen uns an den kleinen Tisch und der Chronist blieb an den Regalen stehen.

„Zuerst möchte ich Sie bitten, dass alles, was Sie gleich hören werden,
unbedingt in diesem Raum bleiben muss! Versprechen Sie das?", sagte Peter eindringlich und schaute dabei zu dem Herrn an den Regalen.

„Ja. Ja, natürlich", antwortete dieser unverzüglich.

„Nun meine Herren, was ich Euch gleich sagte, haut euch vom Hocker. Ich versichere euch, alles, was ihr bis jetzt über unsere Vergangenheit zu
wissen glaubt, ist falsch gewesen. Wie Ihr ja wisst, bekam ich letzte Woche einen Brief ausgehändigt. Dieser Brief stammte von einem

gewissen Rudolf Simon. Dieser wohnte mal hier im Dorf", verkündete uns Peter.

Mir stockte der Atem. Rudolf Simon, das kann doch nur der jüngere Bruder von Frank Simon sein. Also haben wir den damals auf der Insel gefangen gehalten, schoss es mir durch den Kopf.
„Ich lese euch jetzt den Brief vor, meine Freunde", unterbrach Peter meine Gedanken.

„Guten Tag,
mein Name ist Rudolf Simon und ich stammte aus dem Dorf, wo auch Sie herkommen.
Ich lebte mit meiner Familie auf dem Pächterhof, auf dem zuletzt Familie Krämer wohnte. Doch wir verließen vor sehr langer Zeit unsere Heimat, da es damals mein Vater so wünschte. Mein älterer Bruder Frank wurde damals in seinen Ansichten sehr fanatisch und tendierte zu Menschen, die nichts Gutes im Schilde führten. Vater merkte dies und wollte Schlimmeres verhindern, darum sind wir gegangen.
Vater war ein guter Freund von Balthasar von Schlütte und ich dessen Patenkind. Doch sie verkrachten sich und Vater befürchtete, dass auch Balthasar zu „denen" geht.
Also gingen wir und liefen in unser Verderben. Vater und Mutter wurden verhaftet und getötet, meinen Bruder auch. Egal wie er sie auch verehrte, egal was er für sie machte, sein Etikett bekam er nicht los. Der Stempel, den sie uns aufdrückten, blieb und besiegelte das Ende unserer Familie.
Doch vor das Böse kam, nahm mich Vater an der Hand und sagte, ich soll nach Hause laufen. Egal wie lange es auch dauert, lauf Junge, lauf. Ich sollte zu dem

Gutsverwalter gehen und meinen Namen sagen. Er wüsste, was zu tun wäre.

Ich tat, was Vater mir auftrug und lief nach Hause. Ich ging zu dem Verwalterhaus auf dem Gut und klopfte. Des Verwalters Frau, eine nette Dame, welche immer eine Schürze zu tragen pflegte, öffnete die Tür und rief ihren Mann. Von jener Stunde an versteckten Sie mich in Ihrem Haus, sie schützten mich vor dem Bösen, das vergesse ich ihnen nie.

Ich musste all die Zeit im Verborgenen bleiben, der Verwalter verbot mir vor die Tür zu gehen. Doch ich ging immer, wenn es mir möglich war, nach draußen. Ich schlich umher, beobachtet, genoss die Abwechslung, stets neugierig und doch immer in Angst entdeckt zu werden.
Wie oft fragte ich mich als Bub, warum ich doch so anders war."

Peter unterbrach. Man merkte, er war sichtlich gerührt von den Zeilen.
Harald hatte einen hochroten Kopf, ich denke, er war, wie wir alle, den Tränen nah.
Peter las weiter.

„So kam es, dass ich auch sie und ihre Freund erspähte und beschloss, euch wann immer möglich zu beobachten.
Ich folgte euch auf so vielen Streifzügen, dass ich beinahe das Gefühl hatte, dazu zu gehören.
Doch der Grund, warum ich ihnen nach mehr als zwanzig Jahren schreibe, ist ein anderer.
Ich wusste damals, dass sie und ihre Freunde ein

Versteck hatten. Ich wusste auch, dass dort etwas
Besonderes gewesen sein muss, da ihr sehr
oft und regelmäßig dort hingegangen seid. Also wollte
ich euer Geheimnis lüften."
Wieder unterbrach Peter und schaute uns an.

Harald und ich waren sprachlos. Ich verstand nicht, was
das soll. Dachte ich eben noch, dass wir Rudolf
versteckt hatten, erfuhr ich nun, dass er unser
Geheimnis gelüftet hat. Aber warum hatte dies damals
keine Folgen?
Peter nahm tief Luft und las weiter,

„Ihr wart kaum von der Insel unten und durch das Loch
in den Hecken verschwunden, kam ich aus meinem
Versteck und ruderte zur Insel. Ich fing an zu suchen.
Irgendwas muss doch hier sein, nur was. Es dauerte
nicht lange bis ich endlich das Brett entdeckte.

Ich wusste, dass ich euer Versteck gefunden hatte. Ich
freute mich. Ich entfernte den Stamm und hob das
getarnte Brett zur Seite und blickte in ein schwarzes
Loch. Kaum hatte ich die Situation realisiert, schoss wie
aus dem Nichts zwei Hände aus dem Dunkel und ein
Junge, kaum zwölf, zerlumpt und dreckig wollte mir an
die Kehle.

„Hör auf, was machst du denn", schrie ich verzweifelt.

Doch der Kerl ließ nicht ab, er umschloss meinen Hals
und drückte und drückte. Ich hatte Todesangst. Ohne
einen klaren Gedanken fassen zu können, schnappte
ich mir einen Stein, welcher neben mir lag und schlug
damit auf den Kopf der Bestie. Wieder und wieder.

Dabei merkte ich, wie der Schädel von Schlag zu Schlag mehr nachgab und meine Hand nass und nasser wurde. Plötzlich sackte der eben noch übermächtige Körper über mir zusammen und die Hände, die meinen Hals zusammendrückten, lagen nur noch zart auf. So schnell

ich konnte, befreite ich mich von dem Angreifer. Da lag er nun, ein Junge wie ich, wie ihr.
Was hab ich nur getan?
Doch wusste ich, dass ich keine Wahl hatte. Er oder ich, leider. Ich setzte mich neben den Jungen und versuchte einen klaren Gedanken zu fassen. Dabei schaute ich immer wieder zu dem Körper, war es ja das erste Mal, dass ich einen Toten sah.
Dann fiel es mir auf! Der eine Strumpf war dicker als der andere! An dem einen Bein war ein Verband, doch an diesem war der Strumpf aufgewölbt, als sei etwas darunter versteckt.
Ich nahm meinen ganzen Mut zusammen und schob den Strumpf etwas runter und es kamen ein gefaltetes Blatt Papier zum Vorschein."

Peter verstummte ein weiteres Mal. Doch diesmal schaute keiner den anderen an.
Was war damals dort nur los, schoss es mir durch den Kopf.

„Ich überlegte, den Körper im See zu versenken. Dafür stopfte ich Steine in die löchrige Kleidung und versuchte ihn dann unter Wasser zu drücken. Das wäre mir auch gelungen, doch befürchtete ich, dass er wieder zur Oberfläche kämme und beschloss, noch einen Felsbrocken drauf zu rollen. Ich suchte einen passenden Stein am Ufer, ich fand auch einen und rollte

und drückte diesen zu dem Jungen, der fast 50 cm tief im Wasser auf Grund lag. Das klappte so gut, dass ich noch mehr Steine suchte, und schließlich war der Kerl von oben bis unten mit Steinen bedeckt.
Die Stelle war auch sehr schlecht zu erreichen, voll Seegras, Schilf und anderem. Ich dachte, das Grab sei so unauffindbar.
Ich verließ die Insel um das Blatt zu Hause unter die Lupe zu nehmen.
Zu Hause angekommen, ging ich in die Kammer, in der mich der Verwalter versteckte und schaute mir das Blatt an. Irgendwas muss doch zu finden sein.
Irgendwie war mir noch nicht bewusst, dass ich einen Menschen umgebracht hatte, auch wenn es Notwehr war. Das Schlimmste war, dass ich niemand hatte, mit dem ich darüber hätte sprechen können. Ich musste es mit mir alleine ausmachen.
Auf dem Blatt fanden sich stichpunktartige Aufzeichnungen, welche nicht erklärten, wer damals dort in dem Loch saß, aber welche Absicht er wohl hatte."

„Seid ihr bereit?", fragte Peter.

„Was ich Euch jetzt vorlese, bezeugt, wie falsch wir doch lagen, wie falsch",
fügte er fast weinend an.

Peter las weiter.

Erster Eintrag:
Heute wird er mich finden. Ich muss auffälliger sein. Der scheint nicht so hell zu sein. Es muss doch zu schaffen sein, dass er mich findet. Er muss mich in der

Nähe von ihrem Versteck finden, dann bringt er mich sicher dort hin.

Zweiter Eintrag:
Ein ganz schön dunkles Loch, aber man kann es aushalten. Die Verletzung ist perfekt. Die sind darauf reingefallen. Tut schon etwas weh, ist aber erträglich. Sobald ich genug Beweise habe, bin ich weg. Die Narren. Wenn es klar ist, dass sie „denen" helfen, haben wir sie. Das bricht dem Stenzel das Genick und die feinen Herren sind auch reif, ganz zu schweigen von den anderen Spinnern.

Dritter Eintrag:
Was reden die nur für einen Mist. Soll ich noch lange hier herumsitzen. Die müssen sich doch mal entscheiden. Ich freue mich schon, wenn sie erschossen werden.
Der Pfaffe schien recht zu haben. Gut das „die" mich hier hingeschickt haben.

Ich denke, das erklärt, dass er von dem Bösen geschickt wurde. Es erklärt auch, warum er so aggressiv gegen mich war, denn was wäre gewesen, wenn er so früher als gewollt „befreit" worden wäre. Ihr hättet alles noch irgendwie erklären können. Das Wort des Freiherrn und von Stenzel hatte ja doch Gewicht. Nein, der Kerl musste von Euch frei gelassen werden. Das wollte er und ich kreuzte seinen Plan.
An jenem Abend beschloss ich zu gehen, hier konnte ich nicht bleiben. So schnell es ging, packte ich ein paar Sachen und verschwand.
Ich ging zum Dorf, versteckte mich zwischen den Häusern, überlegte, wohin ich soll. Plötzlich hörte ich

etwas und zwar hörte ich Sie.

Wir schauten uns Auge in Auge und sie beschlossen mich nicht zu verraten. Daher schreibe ich an Sie und ich hoffe, dass Sie den Brief irgendwann erhalten und auch Ihre Freunde davon Kenntnis erlangen.

So jetzt wissen Sie die Wahrheit.

Doch eines möchte ich noch loswerden. Es ist besonders an Ihren Freund Paul gerichtet.

Damals ging ich oft zu meinem Elternhaus. Als wir dort wohnten, war ich noch sehr klein, konnte mich kaum daran erinnern. Doch als ich zurückkam, fühlte ich mich von dem Haus angezogen. Mein Bruder erzählte mir oft, wie glücklich er dort war und auch meine Eltern. Ich beobachte oft Herrn Krämer und seine Eltern, stellte mir vor, an seiner Stelle zu sein. Das machte mich ein wenig glücklicher. Immer öfter überkam mich das Gefühl, dass ich etwas tun muss, irgendetwas. Ich beschloss an einem Tag, wo niemand im Haus war, ein Zeichen zu setzten. So das mein Bruder nicht vergessen wird. Ich schlich mich also in das Haus, Sie Herr Krämer dürften in der Schule gewesen sein und Ihre Eltern auf dem Feld, und hinterließ in dem Zimmer von meinem Bruder eine Nachricht von ihm. Er erzählte mir so oft von dem Haus, dass ich genau wusste, welches sein Zimmer war. Ich suchte einen geeigneten Platz und entdeckte die lose Diele. Ich legte meine Nachricht unter den Boden und befestigte die Diele, so, dass es auffallen muss. Als ich abends mal am Haus war und Sie und ihre Eltern

im Garten beobachtete, hörte ich, wie Ihre Eltern vom Ende der Welt sprachen, das verwendete ich auch in meiner Nachricht. Ich hoffe, ich habe ihnen damals keinen Schrecken eingejagt. Falls doch, möchte ich mich heute bei Ihnen entschuldigen.
Dies wollte ich mir von der Seele reden. Ich hoffe, es interessierte Sie.

Mit freundlichstem Gruß
Rudolf Simon".

Peter hob den Kopf und schaute vor sich. Harald und ich waren sprachlos.
Der Chronist, stummer Zeuge des Ganzen, kramte wirr in Unterlagen, als ob er etwas suchen würde.

„Und nun", fragte Harald.

„Ich denke nun wissen wir, was damals passierte. Wir wissen, was der Fremde vorhatte", gab Peter zur Antwort.

„Das ich damals dachte, dass ich den Jungen aus dem Versteck sehe?, fügte er hinzu.

Ich blieb stumm und dachte nach .....
Rudolf Simon hat uns damals gerettet, unbeabsichtigt, trotzdem bin ich ihm dafür dankbar. Gegen den fremden Jungen, der sein Leben ließ, hege ich keinen Groll, er war nur eine Marionette. Peter, ließ Rudolf damals laufen, dass bedeutet, er war nicht von den Schatten geleitet, er entschied selbst und genau das wollten wir doch erreichen. Leider zu einem hohen Preis.

„Ah, da hab ich`s doch", rief plötzlich der Chronist.

„Damals gab es einen Streit um eine Angestellte. Der Pfarrer wollte seine Putzfrau nicht gehen lassen. Die junge Polin wollte in den Dienst von Familie Stenzel wechseln und in der Wirtschaft arbeiten. Der Pfarrer wollte aber, dass sie bei ihm bleibt und ging bis zum Bürgermeister, welcher ja der Freiherr von Schütte war. Dieser entschied, die Frau dürfe wechseln.
Steht alles hier in den Akten. Ich denke, darum war der Pfarrer so hinterhältig", berichtete Herr Hohenfelder.

„Dann war die Schlampe an allem Schuld", sagte Peter leise vor sich hin.

„Wie kann nur so viel Hass entstehen, wegen einer Angestellten", erwiderte Harald.

„Wenn es nur um die Arbeit gegangen wäre ...", klärte Peter Harald auf.

Bei allen Werten, die ein Mensch sein eigen nennen mag, ob geistliche oder weltliche. Sie alle verpuffen, wenn des Menschen Triebe frei werden. So war es auch im Kindesland. Gut und Böse kaum zu unterscheiden. Und trotzdem oder gerade deswegen retteten wir eine Seele.

Kapitel 18
Kindesland

Ich schreibe diese Zeilen, weil ich befürchte, dass mein
Leben aus mehr Vergangenheit als Zukunft besteht.
Ich sitze hier im Kindesland, alt, grau, aber glücklich.
Meine Freunde waren bis eben auch noch da. Peter
starb vor zwei, Harald vor einem Jahr.
Wir lebten noch gut zwanzig Jahre zusammen und das
kam so .....

„So, meine Herren, ich habe genug gehört", sagte
Harald und hob seinen massigen Körper vom Stuhl.

„Gehst du schon", fragte ich.

„Ja, mein Freund. Aber wir sehen uns wieder. Was
haltet ihr davon, wenn wir drei mit unseren Familien ins
Kindesland ziehen?", sagte Harald freudig.

„Ziemlich eng dort für uns alle", fügte Peter an und
schaute, als sei Harald durchgedreht.

„Lasst mich nur mal machen ....", grinste Harald.

Harald erwarb sein Gut zurück. Er lies es von Grund auf
renovieren, so wie es einmal war. Den Garten auch, wie
damals, als ich ihn das erste mal nach all den Jahren
sah, fühlte ich mich wieder als der Junge, der seinen
Freund besucht, im Grunde tat ich dies ja auch .....

....es war ein paar Monate nach unserem Treffen, als ich
von der von Schlütte Immobiliengesellschaft eine
Einladung nach Hause bekam.

Sehr geehrter Herr Krämer,
hiermit laden wir Sie und Ihre Familie recht herzlich zu
der Eröffnung unseres Hotels „Kindesland" auf dem
Hofgut Heinrichseck am Ende der Welt ein. An diesem
Tag bekommen Sie auch die Schlüssel von ihrer
Eigentumswohnung ausgehändigt.
Also kommen Sie bitte am...

Ich konnte es nicht glauben, hat er es wahr gemacht.
Wir ziehen ins Kindesland. Meine Frau sagte mir schon,
dass sie dabei wäre. Die Kinder waren ja schon lange
aus dem Haus, lebten ihr eigenes Leben.
So kam es, dass wir ans Ende der Welt fuhren und als
wir durchs Eingangstor gingen, den langen Kiesweg
entlang stand der Freiherr auf der Treppe am
Haupteingang. Seinen Strohhut etwas vom Kopf
gehoben, diesen leicht schräg, blieb er in der Position,
bis wir unten an der Treppe waren.

„Liebe Freunde, da seid ihr ja endlich. Hier wird in
Zukunft jeder in Not ein Zimmer bekommen, umsonst
und ohne Fragen. Im Kindesland ist jeder willkommen,
natürlich auch gerne zahlende Gäste", sagte Harald und
wir mussten alle lachen.

Jetzt schließt sich der Kreis. Jeder von uns dreien hat
seine Aufgabe erfüllt, egal ob Zufall oder Schicksal.

Das war meine Geschichte von drei Freunden, die in
den unterschiedlichsten Familien aufwuchsen,
verschiedene Prägungen erfuhren und doch
zusammenfanden. Auch Jahre der Trennung änderte
nichts an ihrer Freundschaft.

Sie verband eine gemeinsame Sache, welche ein ganzen Leben brauchte, um vollendet zu werden.

Kindesland ist am Ende und am Anfang der Welt, gestern, heute auch morgen. Ich bin du, Peter auch und Harald ist ich. Wir alle müssen uns immer wieder entscheiden, Wege einschlagen, auch mal die Falschen. Das ist unsere Bürde als Mensch, das wurde uns in die Wiege gelegt.
Wir müssen Verantwortung übernehmen, nicht weil wir wollen, sondern weil wir können, das ist der Unterschied.
Der Mensch als Teil von der Natur hat die evolutionäre Fähigkeit des „bewussten Sein" erhalten, vielleicht durch Zufall. Diese Fähigkeit muss genutzt werden, eher eine evolutionärer Vorgang als eine freie Entscheidung.

Ein Bewusstsein bringt auch die Fähigkeit des Wertens mit sich, eine Gabe, welche sehr leicht missbraucht werden kann. Eine Sache werten, bewerten oder als wertvoll, wie auch wertlos einzustufen, ist eine Kunst die erlernt werden muss.
Je mehr Menschen miteinander kommunizieren, je mehr aus Natur Kultur wird, desto größer ist die Gefahr, dass aus Bewerten Nachahmen wird.

Doch jeder von uns muss es sich wert sein, nicht zu werten.

Ende